Klarant Verlag

AF286964

Jan Olsen ist das neue Pseudonym eines seit 1991 in verschiedenen Genres erfolgreichen Schriftstellers. Jan ist mit einer Hebamme verheiratet, hat drei inzwischen erwachsene Kinder und darf sich seit Kurzem auch Großvater nennen. Als Kind des Nordens ist er der Nordsee mit all ihren rauen und lieblichen Facetten besonders zugetan und ließ kaum eine Ferienzeit verstreichen, ohne diese Gestade mit seiner Familie zu besuchen. Auch heute noch stehen Ferien an der Nordsee jedes Jahr auf dem Programm. Seine Vorliebe für die Nordsee und die dort lebenden Menschen kann er in seinen Ostfrieslandkrimis nun nach Herzenslust ausleben.

Jan Olsen

Die Leiche im Watt

Ostfrieslandkrimi

Klarant Verlag

Kapitel 1

Der Morast saugte bei jedem Schritt schmatzend an Max Rubens'
Stiefeln. Wie zupackende Hände schloss sich der Schlamm um seine
Füße, wenn er sie beim Gehen abwechselnd in den triefenden
Untergrund der Salzwiese drückte. Als wollten diese Hände ihn nicht
wieder freigeben, musste er das Knie jedes Mal hochreißen, um den
Stiefel aus dem Sumpf zu ziehen.

Diese anstrengende Fortbewegungsart nötigte dem jungen Mann
einiges ab. Obzwar er mit seinen Bundeswehrstiefeln und der
Outdoor-Kleidung im Camouflage-Stil auf den ersten Blick den
Eindruck eines hartgesottenen Naturburschen machte, offenbarte
sich bei genauerem Hinsehen, dass unter der wattierten Jacke ein
eher schmächtiger Körper steckte und die Hosenbeine ziemlich
locker um die dünnen Beine schlackerten. Max Rubens war alles
andere als kräftig gebaut. Er hatte die Statur eines Stubenhockers und
so gut wie keine Ausdauer. Obwohl er erst knapp zehn Minuten über
das Deichvorland stapfte, begann er bereits zu schwitzen. Gut die
Hälfte der einen Kilometer langen Wegstrecke, die ihn vom Meer
trennte, lag noch vor ihm. Und er fühlte sich jetzt schon, als hätte er
einen mehrstündigen Marsch hinter sich.

Die Körperwärme begann sich unter der wetterfesten Kleidung zu
stauen. Dabei war er für diese Jahreszeit gar nicht mal zu warm
angezogen. Im Mai konnte es an der Nordsee nämlich noch recht
kühl werden, besonders in den frühen Morgenstunden. Jedenfalls
hatte ihm das die Pensionswirtin zu verstehen gegeben, bei der er ein
Zimmer gemietet hatte.

»Zieh dich bloß ordentlich an, mien Jung«, hatte sie ihm geraten,
als er sich an diesem Morgen zu seinem ersten Ausflug hatte auf den
Weg machen wollen. »Nich, dass du noch frierst und dich erkältest.«

Max hatte gehofft, um sechs Uhr morgens niemanden in der
Pension anzutreffen und sein Unternehmen ohne lästige Begeg-
nungen beginnen zu können. Doch er hatte die Umtriebigkeit seiner
Wirtin offenbar unterschätzt, die in dieser frühen Morgenstunde
bereits das Frühstücksbuffet herrichtete und ihn natürlich bemerkte.

Weil er sich auf keine Diskussion mit der resoluten Frau einlassen
wollte, war er auf sein Zimmer zurückgekehrt und hatte die wattierte
Jacke übergezogen. »So is gut!«, rief sie ihm zufrieden hinterher, als

er kurz darauf das Haus verließ. »Viel Vergnügen bei was immer du auch vorhast.«

Draußen hatte sich Max dann zackig auf sein E-Bike geschwungen und war Richtung Deich davongeradelt, wobei der elektrische Motor für ihn die meiste Arbeit übernommen hatte.

Jetzt ärgerte er sich, den Rat der Frau befolgt zu haben. Die Luft war zwar noch recht frisch, aber es wehte kaum ein Lüftchen, das das Tragen einer gefütterten Jacke gerechtfertigt hätte. Der Himmel war nahezu wolkenlos und die Sonne stand schon fast eine Handbreite über dem Horizont. Sie schien ihm in den Rücken und wärmte die Haut.

Dass er jetzt schwitzen musste, war aber gar nicht der Hauptgrund für seine Verärgerung. Viel mehr nervte es ihn, dass er wegen der Pensionsbesitzerin nun sein Smartphone bei sich trug. Dabei hatte er sich fest vorgenommen, das Handy während seiner Unternehmungen auf seinem Zimmer zu lassen. Dies war Teil der Entwöhnungsstrategie, die er sich selbst zurechtgelegt hatte. Er wollte von dem Zwang loskommen, alles immer ständig mit seinem Handy zu dokumentieren, indem er Fotos schoss oder Filmaufnahmen machte. Aus diesem Grund hatte er sich vorgenommen, das Smartphone nicht ständig bei sich zu tragen.

Aber nun hatte er sich auf Anraten seiner Wirtin diese Jacke übergeworfen, in deren Tasche er das Handy verbannt hatte, damit es auf seinem Zimmer blieb. Er spürte das Gewicht des Geräts bei jedem seiner storchartigen Schritte gegen seinen Oberschenkel prallen. Jede Bewegung erinnerte ihn daran, dass das Anfertigen eines schnellen Fotos oder eines kurzen Videoclips nur einen Handgriff weit entfernt war.

Und wer war schuld daran? Eine Frau, die sicherlich nur das Beste für ihren Gast gewollt hatte. Dabei hatte sie mit ihrer Fürsorglichkeit genau das Gegenteil erreicht!

Diese Ironie nötigte Max, der im Internet in einschlägigen Kreisen als MaxiMumm bekannt war, ein freudloses Lächeln ab.

Max konzentrierte sich erneut auf seine Umgebung, folgte mit den Augen dem Verlauf der künstlichen Entwässerungsgräben und beäugte die Furchen, die parallele Linien in die Salzwiesen zeichneten. Zu seiner Rechten erstreckte sich ein Salzwassertümpel und links breitete sich eine Ansammlung dicht wachsenden Schilfrohrs aus. In einem Wassergraben entdeckte er ein paar Gänse und am

Himmel kreiste ein Schwarm Möwen. Schließlich konnte er der Versuchung nicht länger widerstehen, zog das Smartphone aus der Jackentasche und entsperrte das Gerät mit seinem Fingerabdruck. Anschließend schoss er ein paar Aufnahmen.

Das Glitzern auf der gekräuselten Meeresoberfläche verlor auf dem statischen Foto jedoch stark an Faszination, wie er feststellen musste, als er das Resultat betrachtete. Mit einer Filmaufnahme erzielte er auch kein wesentlich besseres Ergebnis. Das grandiose Panorama ließ sich mit diesem technischen Hilfsmittel einfach nicht adäquat einfangen. Die Aufnahme wirkte beliebig. Lediglich der schmale morastige Streifen Watt, der sich zwischen Salzwiesen und Wasserfläche abzeichnete, verlieh der Aufnahme etwas Besonderes.

Aber wer würde sich dafür schon interessieren? Derartige epische Meeresansichten gab es im Internet zuhauf zu bestaunen. Außerdem waren die Follower von MaxiMumm anderes gewohnt. Die Leute, die seinen Blog und seinen Videokanal abonniert hatten, würden ihn augenblicklich »entfreunden«, wenn er statt der Aufnahmen von spektakulären Unfällen plötzlich anfing, Landschaftsaufnahmen zu posten.

Frustriert wechselte er auf die Bildschirmkamera und schoss von seinem Gesicht eine Porträtaufnahme.

Er lächelte, als er beim Betrachten der Aufnahme im Hintergrund sein E-Bike entdeckte. Wie achtlos hingeworfen lag es auf der Deichböschung. Immerhin hatte er es aber abgeschlossen, sodass es nicht geklaut werden konnte. Allerdings war er momentan allein auf weiter Flur. Und dass ein frühmorgendlicher Spaziergänger sich tatsächlich am Leihfahrrad eines Gastes vergreifen würde, konnte er sich eigentlich auch nicht vorstellen. Trotzdem war er auf Nummer sicher gegangen.

Kritisch betrachtete er das auf dem Display dargestellte jugendliche Gesicht. Max seufzte ernüchtert. Sein dunkelblondes Haar wirkte auf der Aufnahme ein wenig wirr, weil er es heute Morgen nicht gekämmt hatte. Das war aber auch schon das Bemerkenswerteste an seinem Gesicht. Seine graublauen Augen, der Mund und die runden Wangen sahen dagegen aus wie die eines jeden durchschnittlichen Mannes von knapp über zwanzig, der in seinem Leben noch nicht allzu viel erlebt hatte. Er sah sogar ein wenig abgestumpft aus, musste er feststellen. Bestimmt lag das an den schlimmen Bildern und Videos, mit denen er sich ständig beschäftigte, dachte er selbstkritisch. Er sammelte das Material im Internet oder kopierte es illegal von den Festplatten der Verkehrsüberwachungskameras, die einen Unfall aufgenommen hatten. Max war ein Meister darin, derartiges Filmmaterial aufzuspüren. Er hatte sogar schon ein paar Polizeiserver gehackt, um an die Fotos heranzukommen, mit denen die Beamten Unfallschauplätze dokumentiert hatten. Dabei verwischte er seine digitalen Spuren so geschickt, dass ihm bisher noch niemand hatte auf die Schliche kommen können. Das Gleiche galt für die Filme, die er schließlich aus dem Material zusammenschnitt und veröffentlichte. Wer tatsächlich hinter dem Nicknamen MaxiMumm steckte, war ein Geheimnis. Niemand außer ihm selbst wusste es.

Max' Hand begann plötzlich zu zittern. Er war stehen geblieben und um seine bis zum Schaft eingedrungenen Stiefel herum sammelte sich Brackwasser. Die über ihm kreisenden Möwen stießen schrille Schreie aus und der Geruch von Moder und Fisch stieg ihm in die Nase.

Mit beklommenen Herzen setzte er seinen Weg zum Meer fort. Dabei versuchte er die Bilder wegzuschieben, die jetzt mit aller Macht in ihm aufstiegen und in sein Bewusstsein drängten. Es waren Bilder eines Verkehrsunfalls, den er mit eigenen Augen gesehen und nicht bloß auf einem Bildschirm betrachtet hatte. Dass dies einen so gewaltigen Unterschied machte, hätte er niemals für möglich gehalten. Hätte er es gewusst, hätte er an jenem Tag, als er auf der Autobahn unterwegs gewesen war, nicht angehalten. Er hätte seinen Wagen nicht auf dem Standstreifen gestoppt, nachdem er die Unfallstelle passiert hatte. Er wäre nicht ausgestiegen, um mit seinem Smartphone Aufnahmen des Geschehens zu machen. Polizei und Rettungskräfte waren bereits zugegen und in voller Aktion. Mit vereinten Kräften versuchte man die Menschen zu befreien, die in dem auf dem Dach liegenden Personenwagen eingeklemmt waren.

Max war auf dem Seitenstreifen stehend so sehr mit Filmen beschäftigt gewesen, dass er den Polizisten erst bemerkte, als der sich direkt vor die Kamera seines Smartphones stellte. Ehe Max sich versah, packte der Mann ihn am Kragen und schleifte ihn zu dem auf dem Dach liegenden Wagen hinüber. Max sträubte sich, aber der Kraft des Uniformierten hatte er nichts entgegenzusetzen.

»Sieh genau hin!«, schrie der Beamte ihn an und drückte Max' Oberkörper nieder, sodass er ins Innere des verunglückten Fahrzeugs blicken musste. Das, was er dort zu sehen bekam, brannte sich tief in sein Bewusstsein ein. Die Geräusche, die Gerüche, die ihn umgebende Hektik, all dies würde er nie wieder vergessen können.

»Was zum Teufel machst du da?«, hatte eine Polizistin den Beamten schließlich angeschrien. »Dieser Gaffer hat hier nichts zu suchen. Bring ihn weg.«

Ohne Widerworte riss der Mann Max von dem Fahrzeug weg und führte ihn wie einen Verbrecher zum Standstreifen zurück.

»Findest du das etwa normal?«, fuhr ihn der Polizist dort angekommen an und schüttelte ihn durch. »Hier sind Menschen verunglückt, und du hast nichts Besseres zu tun, als sie zu filmen und den Rettungskräften im Weg zu stehen? Hast du dich je gefragt, warum du das machst?« Er stieß Max von sich. »Fahrzeugpapiere und Führerschein«, verlangte er und streckte die Hand aus.

Max gehorchte benommen, verfolgte beklommen, wie der Polizist die Daten notierte.

»Solltest du der Polizei noch einmal unangenehm auffallen, kriegst du richtig Ärger, verstanden?« Mit diesen Worten gab der Beamte Max die Papiere zurück. »Und jetzt mach dich vom Acker.«

Max hatte daraufhin wie abwesend genickt. Völlig verwirrt und aufgelöst stieg er in seinen Wagen, startete und fuhr mit quietschenden Reifen davon. Wie er anschließend nach Hause gekommen war, daran hatte er jede Erinnerung verloren. Doch die Fragen des Mannes waren ihm nicht mehr aus dem Kopf gegangen. Und nein, er fand es nicht normal, was er getan hatte. Und er fand es auch nicht normal, die Sensationsgier seiner Follower zu befriedigen, nur um noch mehr Likes und noch mehr virtuelle Freunde zu bekommen.

Diese Erkenntnis hatte ihn dazu gebracht, das Entwöhnungsprogramm zu ersinnen. Mit der Durchführung war er jedoch schon am ersten Tag seines Urlaubs, den er extra zu diesem Zweck gebucht hatte, kläglich gescheitert. Aber daran war er allein schuld, redete er sich ein.

Verbissen stapfte er weiter, bis er das Ende der Salzwiese erreichte. Kurz blieb er stehen, atmete den Geruch des Meeres tief ein und setzte den Fuß dann auf das schlammige Watt.

Weit und breit war keine Menschenseele zu sehen. In der Ferne meinte er allerdings einen dieser kleinen Fischkutter zu erspähen, doch er war sich nicht sicher, da das auf den Wellen sich brechende Sonnenlicht ihn blendete.

Max seufzte. »Da bist du jetzt also«, stellte er fest. »Allein mit Mutter Natur, fern von allen technischen Hilfsmitteln und vom Internet.«

Missmutig sah er auf das Smartphone in seiner Hand hinab. So fern war das Hilfsmittel gar nicht. Und ein Symbol am oberen Rand des Bildschirms verriet, dass er hier sehr wohl Zugang zum Internet hatte. Das Netz war inzwischen so gut ausgebaut, dass es selbst hier in der Leybucht nahe der Ortschaft Greetsiel kaum noch ein Funkloch gab.

Max überlegte ernsthaft, ob er den Apparat von sich schleudern sollte. Aber dann fiel ihm ein, dass er seiner Umwelt damit keinen Gefallen tun würde. Außerdem bestand Gefahr, dass ein Wattwanderer das Smartphone fand. In diesem Fall wäre es durchaus möglich, dass Max' Identität als MaxiMumm aufflog, mit allen Konsequenzen, die sich daraus ergeben würden.

Er schloss die Faust um das Gerät und steckte es zurück in die Jackentasche.

Im selben Moment entdeckte er den Körper. Er lag etwa zwanzig Meter entfernt von ihm im Schlick. Die Wellen des zurückweichenden Meeres umspülten die menschliche Gestalt sanft und bedächtig.

Max erschrak heftig: Da lag ein leblos erscheinender Mann im Watt!

Ohne es wirklich zu wollen, trat er näher. Sein Herz raste und er atmete keuchend. Bei der Person handelte es sich anscheinend um einen Fischer. Jedenfalls trug er eines dieser blau-weiß gestreiften Hemden, die Seeleute für gewöhnlich trugen. Der Mann lag auf dem Bauch. Seetang hatte sich in seinem dunklen Haar verfangen. Die Arme bewegten sich, aber das war wohl den Wellen geschuldet, die den Körper umspülten.

»Hallo?«, rief er mit banger Stimme. Aber der Mann reagierte nicht. Er zuckte nicht einmal zusammen, als Max ihn sachte mit der Stiefelspitze anstieß.

Max, der einen Gezeitenkalender in der Tasche hatte, war bekannt, dass vor Kurzem Ebbe eingesetzt hatte. Das Wasser würde noch viele Meter zurückweichen und den Körper im Watt zurücklassen. In etwa dreizehn Stunden würde das Meer zurückgekehrt sein und den Mann womöglich wieder mit sich reißen, wenn er bis dahin nicht geborgen wurde.

Mit ausdrucksloser Miene betrachtete er sein Smartphone. Ohne sein Zutun, so kam es ihm vor, hatte seine Hand es erneut aus der Jackentasche gezogen und aktiviert. Die Kamera lief bereits …

Kapitel 2

Ruth Fasan stoppte ihren kirschroten VW up! am Bordstein. Sie warf einen kritischen Blick auf das winzig erscheinende Haus, vor dem sie gehalten hatte. Es bestand aus rotem Backstein. Die zur Straße weisende Giebelseite wurde von hohen Sprossenfenstern dominiert. Der Giebel des zweigeschossigen Gebäudes war auf beiden Seiten schwungvoll nach innen gekrümmt und endete oben in einer Art schlichten Krone. Es handelte sich um einen Prunkgiebel, der breiter war als das dahinterliegende Dach. Ein protziges Beiwerk, das das Haus wuchtiger erscheinen lassen sollte, als es in Wahrheit war. Viel imposanter wirkte das Haus in Ruths Augen durch diesen architektonischen Kniff allerdings nicht. Vielmehr erschien es dadurch eher irgendwie kauzig.

»Bin ich hier wirklich richtig?«, fragte sie sich ungläubig. Sie sah auf ihrem Handy nach, das ihr auf der Fahrt von Hamburg nach Greetsiel als Navigationsgerät gedient hatte. Die Zielfahne prangte genau dort, wo sich das kleine Haus befand, vor dem sie gehalten hatte, daran bestand kein Zweifel.

Ruth Fasan zog die Visitenkarte aus dem Handschuhfach und warf einen Blick drauf. *Kriminalkommissariat Greetsiel*, war die Karte überschrieben. Die nachfolgende Adresse stimmte mit der überein, die sie in ihr Handy eingegeben hatte. Sie hatte das Ziel ihrer Fahrt tatsächlich erreicht, wie es aussah!

»Kommissariat«, sagte sie spöttisch und richtete den Blick erneut auf das putzige Häuschen. Nichts, noch nicht einmal ein kleines Messingschild, wies darauf hin, dass in diesem Gebäude eine Polizeistation untergebracht war.

Ruth seufzte. »Na, das kann ja was werden.« Sie bog in die schmale Grundstückseinfahrt ein und parkte ihren Wagen auf einen der Stellplätze, von denen zwei bereits besetzt waren. Sie schaltete den Motor ab und verstellte dann den Rückspiegel, sodass sie ihr Gesicht darin sehen konnte. Bevor sie ausstieg, wollte sie sicherheitshalber ihr Aussehen überprüfen. Mit den Fingern lockerte sie ihr dunkles, lockiges Haar ein wenig auf, das ihr bis in den Nacken reichte. Sie zupfte an den Krähenfüßen ihrer hellbraunen Augen und rieb sich die Wangen, um ihnen ein wenig Röte zu verleihen. Das Gesicht zu schminken, lag ihr nicht. Wenn überhaupt, legte sie nur einen dezenten Lidschatten auf oder kräftigte den natürlichen Farbton ihres

Mundes mit einem entsprechenden Lippenstift. Wegen der mehrstündigen Fahrt, die sie zu bewältigen gehabt hatte, hatte sie an diesem Morgen aufs Schminken jedoch gänzlich verzichtet. Sie neigte nämlich dazu, sich bei längeren Autofahrten nervös übers Gesicht zu streichen, was der Schminke sicherlich nicht zuträglich gewesen wäre und sie am Ende hätte aussehen lassen, als würde sie aus einer Kneipe oder einem Club kommen, wo sie die ganze Nacht verbracht hatte.

Sie hatte in dieser Nacht tatsächlich kaum ein Auge zugetan. Doch nicht, weil sie in Hamburg noch einen draufgemacht hätte, sondern weil der Schlaf sie mal wieder gemieden hatte, obwohl sie brav und ganz allein in ihrem Bett gelegen hatte.

Jetzt überlegte sie, ob sie ihren Teint durch Schminke noch ein bisschen aufbessern sollte. Immerhin stand ihr gleich ein wichtiges Treffen bevor, und sie wollte einen guten Eindruck machen. Aber schließlich entschied sie sich dagegen, ihre spärlichen Schminkutensilien aus ihrem Gepäck hervorzukramen. Die Leute, mit denen sie gleich zu tun bekommen würde, sollten kein falsches Bild von ihr bekommen, sondern sie so erleben, wie sie nun einmal war: rau und ungeschminkt.

In ihrem Beruf war es wichtig, sich den Kollegen gegenüber nicht zu verstellen und ehrlich zu sein. Damit war sie bisher immer gut gefahren. Aufrichtigkeit war ihrem Erachten nach eine Grundvoraussetzung für eine fruchtbare Zusammenarbeit. Den Partner richtig einzuschätzen, konnte in gewissen Situationen sogar über Leben und Tod entscheiden.

Ruth, die sich noch immer im Rückspiegel betrachtete, verdrehte die Augen. »Du denkst noch immer wie eine Großstadtkommissarin«, schalt sie sich selbst. »Hier laufen die Dinge sicherlich ganz anders!«

Sie klappte den Rückspiegel hoch und schaute sich über die Schulter hinweg dann kurz auf der Straße um. Auf der Ankerstraße herrschte um diese frühe Morgenstunde kaum Verkehr, obwohl das Einkaufszentrum nur einen Steinwurf entfernt war. Ein Campingmobil rollte langsam und bedächtig um eine Straßenbiegung und verschwand. Ein paar Passanten, wahrscheinlich Touristen, schlenderten den Gehweg entlang. Irgendwo bellte ein Hund.

Ruth hängte sich die Handtasche um, stieg aus und streckte dann ihren schlanken, durchtrainierten Körper. Sie atmete die kühle, würzig riechende Luft tief ein und spürte dabei die wärmenden Sonnenstrahlen auf ihrem Gesicht. Überrascht stellte sie fest, wie still es hier war. Von einem Lärmpegel konnte in Greetsiel nicht die Rede sein. Stattdessen ließ sich fast jedes Geräusch lokalisieren und zuordnen, etwas, was im Hamburger Straßenlärm schier unmöglich gewesen wäre.

Sie merkte, wie die Anspannung langsam von ihr abfiel, und nickte gewichtig vor sich hin. »Das hier könnte durchaus etwas werden«, frohlockte sie. Dann wandte sie sich zum »Kriminalkommissariat« um und schritt frohgemut auf den Eingang zu.

*

Die Eingangstür der Polizeistation war von einem aufgesetzten Holzrahmen umgeben. Die seitlichen, säulenähnlichen Streben endeten oben in einem dreieckigen Giebel und waren weiß-grün gestrichen. Das ganze Gebilde fasste sowohl die Tür als auch das darüber befindliche Oberlicht ein. Ein verschnörkeltes Gitter schützte das Fenster des Oberlichts, zusätzlich war eine antik anmutende Laterne dort angebracht.

Ruths Blick fiel auf einen schlichten Klingelknopf. Dort entdeckte sie dann doch noch einen Hinweis auf die Funktion dieses Hauses: »Polizei«, stand in schlichten Druckbuchstaben auf einem hinter einen verschnörkelten Namensschildrahmen geschobenen Zettel geschrieben.

Ruth überlegte, ob sie klingeln sollte, schüttelte dann aber kaum merklich den Kopf. Wenn alles gut lief, würde sie demnächst zur Belegschaft gehören und als Hauptkommissarin darüber hinaus auch den höchsten Dienstgrad bekleiden. Es stand ihr also zu, dieses Haus unangemeldet zu betreten, wie sie meinte.

Sie drückte die Klinke nieder und schob die Tür auf. Vor ihr tat sich ein Raum mit Empfangstresen auf, der allerdings unbesetzt war. In dem schmalen Bereich vor dem Tresen standen ein paar einfache Holzstühle an der Wand, auf denen Wartende Platz nehmen konnten. Aber auch sie waren leer. Am Ende der Stuhlreihe gab es eine gesicherte Tür mit Knauf. Der Bereich hinter dem Tresen erschien wesentlich geräumiger. Dort befand sich eine weitere Tür, bei der es sich jedoch um eine gewöhnliche Zimmertür handelte. Dahinter drangen gedämpfte Stimmen hervor.

Ruth klappte das bewegliche Tresenstück hoch, schritt hindurch und näherte sich der Durchgangstür. Sie meinte herauszuhören, dass sich ein Mann und eine Frau im dahinterliegenden Raum miteinander unterhielten. Offenbar herrschte ausgelassene Stimmung, denn es wurde gelacht.

Ohne anzuklopfen, öffnete Ruth die Tür. Die Hand auf der Klinke, sah sie sich um. Vor ihr erstreckte sich ein lichtdurchfluteter Büroraum. Zwei mit Bildschirm, Tastatur und Telefon ausgestattete Schreibtische ragten von den gegenüberliegenden Wänden leicht versetzt in den Raum. Weitere Büroeinrichtungen wie Faxgerät, Kopierer und Drucker standen auf einer antiken Anrichte im Hintergrund bereit. Von diesem altehrwürdigen Möbelstück abgesehen wirkte alles, sogar der Anstrich an den Wänden, die Fenster, der Fußboden und die Aktenregale neu und unbenutzt.

Vor einem der beiden Schreibtische saß ein junger Mann auf einem Bürostuhl. Vor ihm, mit dem Gesäß an die Tischkante gelehnt, hielt sich eine junge Frau in der Uniform eines Streifenpolizisten auf. Das Gespräch der beiden war abrupt abgerissen, als Ruth die Tür geöffnet hatte. Jetzt starrten die beiden die eingetroffene Frau mit leicht verwunderter Miene an.

»Kann ich irgendetwas für Sie tun?«, erkundigte sich der Mann und stand auf. Er war kräftig gebaut, das sandfarbene Sakko, das er trug, passte gut zu seinen dunkelblonden Haaren und seinen graublauen Augen. Er konnte kaum älter als fünfunddreißig sein, wie Ruth schätzte. Er machte einen selbstsicheren, forschen Eindruck, wirkte dabei aber in keiner Weise abweisend oder arrogant.

Ruth trat einen Schritt in das Zimmer hinein. »Mein Name lautet Ruth Fasan«, stellte sie sich vor. »Hauptkommissarin Ruth Fasan«, fügte sie dann noch an.

Das Gesicht des Mannes wurde um eine Spur blasser und die Frau beeilte sich, sich vom Schreibtisch abzustoßen und eine gerade Körperhaltung einzunehmen.

»Entschuldigen Sie bitte«, stammelte der Mann. »Ich … hatte nicht so früh mit Ihnen gerechnet, Frau Fasan.« Er gab sich einen Ruck, trat auf Ruth zu und streckte ihr die Hand entgegen. »Kommissar Hagen Reese«, stellte er sich vor. Sein Händedruck war fest, aber nicht so fest, dass er die Schmerzgrenze berührt hätte. Hagen drehte sich halb um und deutete auf die Polizistin. »Das ist Alice Bergmann. Sie wurde uns von der Polizeistation Emden zugewiesen.«

Ruth ließ die Hand ihres Kollegen los und schob sich an ihm vorbei, um Alice zu begrüßen. Die Polizistin lächelte zurückhaltend. »Ich habe in Emden zwei Jahre Streifendienst versehen«, erklärte sie, während sie Ruths Händedruck zögernd erwiderte. Sie zuckte mit den Schultern. »Und jetzt bin ich hier.«

»Und Sie?«, richtete Ruth das Wort an Hagen. »Wie lange sind Sie denn schon als Kommissar tätig?«

Der junge Mann lächelte ein wenig verunglückt. »Ich habe das duale Studium und die Zeit als Bereitschaftspolizist dieses Jahr erst abgeschlossen und möchte mich in diesem Kriminalkommissariat jetzt als Ermittler spezialisieren.«

Ruth ließ sich nichts anmerken und sah sich erneut um. »Gibt es noch weitere Mitarbeiter?«, erkundigte sie sich.

Hagen schüttelte den Kopf.

»Was ist mit der alten Belegschaft?«, hakte Ruth nach.

Alice räusperte sich. »Es gab hier vor einigen Jahren schon mal eine Polizeistation. Doch als der Hauptkommissar in Rente ging, wurde kein Nachfolger mehr eingestellt und die Dienststelle geschlossen.«

»Warum?«, wollte Ruth wissen.

»Eine Sparmaßnahme, nehme ich an«, antwortete Alice achselzuckend. »Aber kürzlich wurde ein neues Programm aufgelegt.« Sie deutete um sich. »Wir sind die Ersten, die dies alles hier benutzen werden.«

Ruth stemmte die Fäuste in die Hüfte. »Gehe ich richtig in der Annahme, dass dies für uns alle der erste Arbeitstag in Greetsiel ist?«

»So sieht es aus«, bestätigte Hagen. Er wirkte ein wenig verunsichert. »Welchen Schreibtisch möchten Sie?«, fragte er. »Selbstverständlich haben Sie als Chefin die freie Auswahl.«

»Ich nehme den, der noch frei ist.« Ruth trat vor den neben einem Sprossenfenster stehenden Schreibtisch und legte ihre Handtasche darauf ab. »Ich bin ein bisschen überrascht«, musste sie gestehen. »Mit dieser Situation habe ich nicht gerechnet.«

»Was hat man Ihnen denn erzählt, als man Ihnen diese Stelle angeboten hat?«, erkundigte sich Hagen.

Ruth rieb sich verlegen den Oberarm. »Nur, dass es hier beschaulich zugehen soll. Mehr wollte ich gar nicht wissen. Ich habe sofort meine Einwilligung gegeben.« Sie sah die beiden der Reihe nach an.

»Ich war zuvor einige Wochen vom Dienst freigestellt«, erläuterte sie. »Wegen Überarbeitung. Hamburg – das ist einfach nichts mehr für mich.«

»Verstehe.« Hagens verdrießlicher Miene war anzusehen, dass er wohl lieber in Hamburg eine Stelle bekommen hätte als hier in Greetsiel.

»Warum machen wir es uns nicht erst einmal ein wenig gemütlich?«, fragte Alice aufmunternd. »Ich kann uns einen Tee kochen.« Sie deutete auf eine Tür, hinter der sich offenbar die Küche befand.

Ruth zog ihr Jackett aus und hängte es über die Sessellehne. »Ich würde einen starken Kaffee vorziehen, wenn es Ihnen nichts ausmacht«, sagte sie und setzte sich. Dabei sah sie sich auf dem leeren Schreibtisch um und fragte sich, wie lange er wohl so jungfräulich bleiben würde. Hoffentlich recht lange, dachte sie.

»Zurzeit haben wir nur schwarzen Tee da«, gab Alice bedauernd von sich. »Ostfriesenmischung, um genau zu sein.«

Ruth furchte die Stirn, zuckte dann aber mit den Schultern. »Von mir aus. Dann eben Schwarztee.«

Alice verschwand in die Küche. Kurz darauf waren die Geräusche ihres geschäftigen Hantierens zu vernehmen.

Hagen seufzte, ließ sich auf seinen Schreibtischstuhl nieder und streckte die Beine von sich. »Sie müssen in Hamburg ja recht früh aufgebrochen sein«, stellte er fest und faltete die Hände vor den Bauch. »Ich hatte erst am Nachmittag mit Ihnen gerechnet.«

Ruth zupfte verlegen an ihrer Bluse. »Ich war zu aufgeregt und konnte keinen Schlaf finden. Da bin ich eben vor Morgengrauen aufgebrochen.« Dass sie in den zurückliegenden Nächten ebenfalls kaum geschlafen hatte, ließ sie unerwähnt. Hagen musste nicht unbedingt jetzt schon wissen, dass sie mit den Nerven ziemlich am Ende war. Das würde er schon früh genug merken.

»Ich stamme übrigens aus der Gegend«, sagte er im Plauderton und drehte den Stuhl mit der Hüfte gelangweilt hin und her. »Ich stamme aus Aurich. Dort wohne ich jetzt übergangsweise auch wieder ... bei meinen Eltern.«

»Eine Bleibe für den Übergang muss ich mir auch noch suchen«, fiel Ruth ein.

Hagen beugte sich vor. »Wollen Sie diese Stelle allen Ernstes gegen Ihren Job in Hamburg eintauschen?« Er deutete um sich. »Hier passiert doch so gut wie nichts.«

17

Ruth lächelte nachsichtig. »Vielleicht werden Sie mich verstehen, wenn Sie wie ich fünfundzwanzig Jahre Berufserfahrung auf dem Buckel haben.«

Die Miene des jungen Mannes hellte sich ein wenig auf. »Von Ihnen kann ich bestimmt eine Menge lernen.« Er verzog säuerlich den Mund. »Wenn auch nur aus Anekdoten. Aber immerhin.«

Ruths Handy gab ein Klingeln von sich. Sie fischte den Apparat aus der Tasche ihres Jacketts und warf einen Blick auf das Display.

Enttäuschung stieg in ihr auf, als sie sah, dass es nicht Clarissa, ihre Tochter, war, die versuchte, sie anzurufen. Die Nummer gehörte Jens Stadensen, einem ihrer Kollegen aus Hamburg, der in der IT-Abteilung der Kripo arbeitete. Sie hatten vor Jahren mal ein kleines Techtelmechtel gehabt, dem keiner von ihnen sonderlich nachtrauerte.

Ruth nahm den Anruf trotzdem entgegen. »Hallo, Jens. Was verschafft mir die Ehre? Willst du dich erkundigen, wie es mir in Greetsiel gefällt?« Sie sah, wie Hagen die Ohren spitzte, aber das war ihr egal, es gab für ihn ja sonst nichts zu tun.

»Du bist also tatsächlich schon angekommen?«, erwiderte Jens verblüfft. »Läufst du etwa doch noch zu alter Form auf? Engagiert und forsch, wie man es von dir gewohnt ist?«

»Ich wollte bloß so schnell wie möglich aus meiner alten Bude raus«, gab Ruth verstimmt zurück. Sie ließ den Blick schweifen. »Ich glaube, es könnte mir hier sogar wirklich gefallen.«

»Zum Ausruhen wirst du wohl aber vorerst keine Zeit haben«, gab Jens zurück.

Ruth krauste die Stirn. »Wieso, was ist denn los?«

»In der Nähe von Greetsiel wurde eine Leiche gefunden«, erklärte ihr ehemaliger Kollege. »Ich schätze, das fällt in deinen Zuständigkeitsbereich.«

Ruth winkte Hagen zu sich heran, legte das Handy auf den Tisch und schaltete den Lautsprecher hinzu.

Verwundert trat der frischgebackene Kommissar näher.

»Bei mir ist Kommissar Hagen Reese«, sprach Ruth in Richtung des Handys. »Er wird mithören. Und nun erzähl uns genau, was es mit diesem Toten auf sich hat!«

»Hallo, Hagen«, tönte es lax aus dem Handy. »Und Glückwunsch, dass Sie mit einer so fähigen Polizistin zusammenarbeiten dürfen.«

»Äh, ja. Hallo«, erwiderte Hagen ein wenig ungelenk.

»Also«, begann der IT-Experte dann gedehnt. »Ich habe hier einige Blogger und Videokanalbetreiber auf dem Schirm. Alles Leute, die wegen ihrer Umtriebe im Internet ins Visier der Polizei geraten sind. Darunter befindet sich auch eine Person, die unter dem Nicknamen MaxiMumm veröffentlicht. Die beiden ersten M im Namen werden jeweils großgeschrieben. Wer sich hinter diesem Namen verbirgt, wissen wir nicht. MaxiMumm ist uns unangenehm aufgefallen, weil er regelmäßig Polizeimaterial veröffentlicht, das eigentlich unter Verschluss gehalten wird. Wie er an dieses Material herankommt, daran arbeite ich noch. Bisher aber …«

»Komm endlich zur Sache«, bremste Ruth den Redefluss des IT-Experten. »Du schweifst wieder mal ab.«

»Okay, okay«, beschwichtigte Jens. »Dieser MaxiMumm hat vor wenigen Minuten einen Videoclip hochgeladen«, fuhr er dann fort. »Darauf ist ein offenbar lebloser Mann zu sehen. Er liegt im Schlick. Wahrscheinlich im Watt, denn den Koordinaten zufolge befindet sich dort das Meer … Moment.« Es entstand eine kurze Pause. »Ich schicke dir das Video zu, Ruth.«

»Koordinaten?«, hakte Hagen derweil nach. »Was denn für Koordinaten?«

»Gute Frage«, erwiderte Jens. »Das ist nämlich das Seltsame an dieser Sache. MaxiMumm hinterlässt sonst keinerlei Spuren in dem Material, das er hochlädt. Diesmal hat er jedoch sowohl den Zeitstempel als auch die Koordinaten, wo die Aufnahme gemacht wurde, in den Metadaten belassen.«

Ein Fenster öffnete sich auf dem Handydisplay und ein Film spulte ab. Er zeigte einen auf dem Bauch liegenden reglosen Mann, dessen Unterleib von Wellen überspült wurde. Die Arme waren leicht zur Seite abgespreizt und das Gesicht in den Schlick eingesunken.

»Wann genau wurde diese Aufnahme gemacht?«, verlangte Ruth zu wissen.

»Vor gut einer halben Stunde«, antwortete Jens. »Veröffentlicht wurde der Clip aber erst vor wenigen Minuten, wie gesagt.«

»Es herrscht gerade Ebbe; das Wasser geht zurück«, warf Hagen ein. »Die Chancen stehen nicht schlecht, dass der Körper dort noch liegt.«

Ruth stand so abrupt auf, dass sie dem Stuhl mit den Kniekehlen einen Stoß versetzte und er auf den Rollen wegschnellte. »Gib mir die Koordinaten, Jens«, forderte sie, während sie nach ihrem Jackett angelte.

»Die hast du schon auf deinem Handy«, erwiderte dieser. »Tu mir einen Gefallen, Ruth. Halte die Augen offen. Gut möglich, dass sich dieser MaxiMumm noch in der Nähe des Fundortes aufhält. Wäre schön, wenn wir den zu fassen kriegen.«

»Klar, mach ich.« Ruth nahm ihr Handy und warf es Hagen zu, der es prompt auffing. »Los geht's«, sagte sie und stürmte los. »Wir werden uns bei diesen Koordinaten mal umsehen.«

Hagen, der genau zu wissen schien, was von ihm erwartet wurde, tippte, während er ihr folgte, die GPS-Zahlen in die Map auf Ruths Handy ein.

Alice kam aus der Küche, ein Tablett mit einer Teekanne und Bechern vor sich balancierend. »He, was ist denn los?«, rief sie den beiden hinterher.

»Ein Glücksfall!«, frohlockte Hagen im Rausgehen lauthals. »Wir haben einen Toten. Halte hier so lange die Stellung.«

*

»Sowas will ich von Ihnen nicht noch einmal hören, verstanden?«, fuhr Ruth ihren jungen Kollegen an, während sie die Polizeistation verließen.

»Was meinen Sie?«, fragte Hagen verdattert.

»Dass der Fund einer Leiche einen Glücksfall für Sie darstellt.«

»Sowas würde ich in der Öffentlichkeit natürlich niemals von mir geben«, versicherte Hagen. »Wir waren doch unter uns.«

»So etwas sollten Sie nicht mal denken«, gab Ruth zurück.

»Es ist mir nur so rausgerutscht«, sagte Hagen zerknirscht. »Entschuldigung.« Er wäre Ruth fast in den Rücken gelaufen, weil sie am Rand des zur Polizeistation gehörigen Parkplatzes plötzlich stehen geblieben war.

»Welcher ist unser Einsatzwagen?«, fragte sie. Die beiden Fahrzeuge, zwischen die sie ihren Kleinwagen abgestellt hatte, sahen in ihren Augen eher wie günstig erstandene Gebrauchtwagen aus. Noch gut erhalten, aber eindeutig nicht neuesten Baujahres.

»Der … wurde noch nicht bereitgestellt«, antwortete Hagen verschämt, als wäre es seine Schuld. »Er soll aber im Laufe des Tages gebracht werden. Ebenso wie unsere Dienstausweise und die Waffen.«

Ruth verdrehte die Augen. »Dann nehmen wir eben mein Auto.«

Kurz darauf saßen sie in Ruths kirschrotem Kleinwagen. Ruth, die am Steuer saß, scherte in die Ankerstraße ein und beschleunigte.

Inzwischen hatte der Verkehr ein wenig zugenommen. Die Hamburgerin wäre gerne schneller vorangekommen, aber die Autofahrer schienen es in Greetsiel nicht sonderlich eilig zu haben. Hinzu kam, dass die meisten Straßen durch Dreißigerzonen verkehrsberuhigt worden waren. Ein auf das Wagendach gepapptes Blaulicht und eine hinzugeschaltete Sirene wären jetzt hilfreich gewesen, dachte Ruth zerknirscht. Doch über dergleichen verfügte ihr Privatfahrzeug nicht. Also blieb ihr nichts anderes übrig, als im gemächlichen Tempo durch die Ortschaft zu kutschieren.

»Womöglich hat dieser MaxiMumm diese Filmaufnahme gar nicht selbst angefertigt«, äußerte Hagen eine Überlegung, nachdem er Ruth angewiesen hatte, links abzubiegen. »Aus diesem Grund hatte er vielleicht auch darauf verzichtet, die Metadaten aus der Datei zu entfernen. Er könnte diesen Videoclip irgendwo im Internet aufgeschnappt und kopiert haben. Es ist also gar nicht gesagt, ob dieser Kerl sich überhaupt in der Gegend aufhält.«

»Gut möglich«, räumte Ruth ein. »Zwischen der Anfertigung der Filmaufnahmen und dem Hochladen ins Internet ist laut Jens' Angaben knapp eine halbe Stunde vergangen. Das spricht eher dafür, dass MaxiMumm diesen Videoclip selbst aufgenommen hat.«

»Mit einer entsprechenden Suchmaschine könnte er diesen Film aber auch in Sekundenschnelle aufgespürt haben, nachdem er ins Internet gestellt wurde«, gab Hagen zu bedenken.

»Diese Videodatei hätte Jens unzweifelhaft gefunden«, erwiderte Ruth. »Aber das ist nicht geschehen.«

»Derjenige, der das Video gemacht hat, könnte es MaxiMumm aber auch per Messenger oder E-Mail zugespielt haben«, ließ Hagen nicht locker. »Er genießt in gewissen Kreisen einen hohen Bekanntheitsgrad. Es wäre also durchaus denkbar, dass er von Leuten Material erhält, die es aus verschiedenen Gründen nicht selbst veröffentlichen wollen.«

Ruth warf ihrem Kollegen einen kurzen Blick zu. »Sie denken mit – das ist erfreulich. Aber MaxiMumm hätte die Metadaten in diesem Fall doch sicherlich gelöscht, um seinen Informanten zu schützen.«

Hagen wiegte abwägend den Kopf hin und her, sagte jedoch nichts.

»Halten wir also fest, dass wir nicht hundertprozentig davon ausgehen können, dass MaxiMumm dieses Video aufgenommen hat«, lenkte Ruth ein. »Es scheint mir jedoch sehr wahrscheinlich.«

Zu ihrer Linken tauchten zwei ungewöhnliche moderne Gebäude auf. Die niedrigen runden Häuser standen auf einer gepflegt gepflasterten Ebene und schienen nur aus Fenstern zu bestehen. »Nationalpark-Haus«, stand auf einem der Hinweisschilder geschrieben. Und: »Abenteuer Weltnaturerbe Wattenmeer«.

»Diese Sache mit den Metadaten lässt mich nicht los«, nahm Ruth den Faden wieder auf. »Warum weicht MaxiMumm ausgerechnet bei diesem Video von seinem sonstigen Vorgehen ab, diese Daten zu löschen? Ich denke, dass eine Absicht dahintersteckt.«

»Sie meinen, er wollte, dass die Polizei diesen Film entdeckt und so auf den Toten aufmerksam wird?«

»Das halte ich für sehr wahrscheinlich«, bestätigte Ruth. »Besonders, wenn man bedenkt, dass MaxiMumm sonst alles unternimmt, um seine Beiträge zu anonymisieren. Dass die Polizei sich für MaxiMumms Aktivitäten interessiert, wird, wer auch immer sich hinter diesem Pseudonym verbirgt, sich ebenfalls denken können.«

»Ein ziemlich alberner Name, den dieser Bursche da ausgewählt hat«, kommentierte Hagen.

Erneut bedachte Ruth ihren Kollegen mit einem Seitenblick. »Warum gehen Sie davon aus, dass es ein Mann ist?«

Hagen lachte freudlos auf. »Maxi … Mumm. Sowas kann sich doch nur ein Kerl mit Minderwertigkeitskomplexen ausdenken.«

»Haben Sie das in Ihren Psychologieseminaren gelernt?«, erkundigte sich Ruth neckisch.

»Nein«, erwiderte Hagen leicht gereizt und deutete mit dem Arm, um Ruth die Wegrichtung zu weisen. »Aber ich war selbst einmal ein kindischer Möchtegern und weiß, wie diese Leute ticken.«

»Sie können ja sogar selbstkritisch sein; alle Achtung«, gab Ruth sich erstaunt.

»Ich bin halt lernfähig.« Hagen setzte sich unbehaglich im Beifahrersitz zurecht. »Aus diesem Grund entwickele ich mich auch weiter. Der kindische Möchtegern von früher bin ich schon längst nicht mehr.«

»Sie haben anscheinend eine hohe Meinung von sich selbst.«

Hagen sah Ruth eine Weile eindringlich an. Nachdem sie eine über einen alten Kanal führende Brücke passiert hatten, sagte er: »Sie versuchen, meinen Charakter zu analysieren, stimmt's?«

Ruth zuckte mit den Schultern. »Ich teile Ihnen lediglich mit, wie Sie auf mich wirken.«

Hagen rieb sich den Nacken. »Ist das Ihre Art, mit Ihrem neuen Ermittlungspartner warm zu werden?«

»Ehrlichkeit ist eine Grundvoraussetzung für eine gute Zusammenarbeit«, teilte Ruth ihrem jungen Kollegen einen ihrer ehernen Leitsätze mit. »Auf ehrliche Menschen ist mehr Verlass als auf Leute, die mit ihrer Meinung hinterm Berg halten oder einem etwas vormachen.«

»Wollen Sie denn auch wissen, wie Sie auf mich wirken?«, erkundigte sich Hagen.

»Nur zu«, forderte Ruth ihn auf.

Der junge Mann atmete einmal tief durch. »Sie verfügen unzweifelhaft über einen reichen Erfahrungsschatz«, fing er zögernd an, als müsse er sich erst einmal warmreden. »Sie bemühen sich, abgeklärt zu wirken, doch Sie können durchaus aufbrausend sein und resolut auftreten.« Er überlegte einen Moment lang. »Sie wirken unterkühlt, aber ich glaube, dass Sie in Wahrheit sehr mitfühlend sind.«

Ruth lachte auf. »Du versuchst wohl, mir zu schmeicheln.«

Hagen wirkte empört. »Nein. Ich teile Ihnen lediglich mit, wie Sie auf mich wirken«, wiederholte er ihre eigenen Worte.

Sie drohte ihm spielerisch mit dem Zeigefinger. »Du sollst doch ehrlich sein!«

»Das bin ich«, gab Hagen entrüstet zurück. »Außerdem haben Sie mich gerade geduzt.«

Ruth furchte die Stirn. »Tatsächlich?« Sie schien ehrlich überrascht. Plötzlich deutete sie nach vorn. »Oh, eine Mühle!«, rief sie aus und bemühte sich dabei nicht einmal zu kaschieren, dass sie vom Thema ablenken wollte. »Und da ist gleich noch eine.«

»Das sind die Greetsieler Zwillingsmühlen«, erklärte Hagen nüchtern.

»Beachtlich.« Ruth beugte sich übers Lenkrad, um die alten, aber gut erhaltenen Bauwerke im Vorbeifahren zu begutachten. Die Mühlen mit ihren wuchtigen Flügeln waren dicht an die Straße gebaut.

Nachdem sie die Mühlen passiert hatten, war es bis zum Ortsrand von Greetsiel nicht mehr weit. »Jetzt links«, teilte Hagen kurz angebunden mit.

Ruth setzte den Blinker und schwenkte ein. Die nachfolgende Straße verlief entlang der Ortschaftsgrenze Richtung Norden. Auf der linken Seite erhoben sich von Bäumen und Büschen halb verborgene, gepflegte Einfamilienhäuser. Auf der gegenüberliegenden Straßenseite erstreckten sich Wiesen und Felder, soweit das Auge reichte.

Schweigend setzten sie die Fahrt fort, bis Hagen Ruth aufforderte, links abzubiegen. Die enge Straße führte auf einen Kanal und eine einfache Klappbrücke zu. Die Brücke war heruntergeklappt, dennoch versperrte ein mit einem Durchfahrtsverbotsschild versehener Schlagbaum die Fahrbahn. Auf der anderen Uferseite verlief in etwa zweihundert Metern Entfernung ein Deich, der grob dem Verlauf des Kanals folgte.

Ruth stoppte den Wagen vor dem Schlagbaum. »Wie weit ist es von hier aus noch bis zum Fundort der Leiche?«, wollte sie wissen. Die Aussicht auf einen längeren Fußmarsch schien sie nicht gerade zu begeistern.

»Zu weit«, entgegnete Hagen, schnallte sich ab und stieg aus. Während er auf die Absperrung zuschritt, zog er einen Schlüsselbund hervor. Damit entsperrte er die Arretierung des Schlagbaums und klappte ihn hoch.

Ruth bedachte den jungen Mann mit einem verwunderten Blick, während er einstieg. Grinsend hielt er den Schlüsselbund hoch. Außer den üblichen Haustürschlüsseln baumelten auch ein paar Dietriche und Vierkantschlüssel daran. »Ein nützliches Gadget«, erklärte er und ließ den Schlüsselbund dann mit viel Getue in seiner Hosentasche verschwinden.

»Das ist übrigens der Störtebekerkanal«, erläuterte er, während sie über die Brücke fuhren. Er drehte sich Ruth zu. »Haben Sie das gewusst?«

Die Hamburgerin schüttelte den Kopf. »Ehrlich gesagt, hatte ich noch keine Gelegenheit, mich näher über meine neue Wirkungsstätte zu informieren.«

»Das war Ihnen bei den Zwillingsmühlen auch schon deutlich anzumerken gewesen.«

24

»Ich werde es nachholen.« Ruth gab Gas, um die Steigung der schräg den Deich hinaufführenden Piste zu bewältigen. Oben angekommen hielt sie an, um das Panorama der Salzwiesen und des sich anschließenden Meeres auf sich wirken zu lassen. Ein breiter Streifen grauen Watts war der Wasserfläche vorgelagert, die sich bereits viele Meter gen Westen zurückgezogen hatte.

»Es ist weit und breit kein Mensch zu sehen«, stellte Hagen fest, der sich aufmerksam umsah. »Wenn dieser MaxiMumm tatsächlich hier gewesen ist, hat er sich sicherlich längst aus dem Staub gemacht.«

Ruth fuhr weiter. Der schmale asphaltierte Weg führte auf der anderen Seite des Deichs schräg hinab und verlief dann parallel dazu, bis er sich in der Ferne verlor. »Das Watt ist zu weit entfernt, um von der Straße aus Einzelheiten darauf zu erkennen«, sagte sie. »Wenn nicht jemand zufällig die Gegend mit einem Fernglas absucht, würde niemand auf die Leiche aufmerksam werden.«

»MaxiMumm hat den Toten aber dennoch entdeckt.« Hagen blickte konzentriert auf Ruths Handy. »Okay«, sagte er nach einer kurzen Weile. »Halten Sie an. Von hier aus müssen wir zu Fuß weiter.«

Ruth stoppte und schaltete den Motor aus. Sie ließ sich ihr Handy zurückgeben, stieg aus und ging um den Wagen herum zur Heckklappe. Anschließend öffnete sie sie und machte sich an ihrem Koffer zu schaffen.

»Was haben Sie vor?«, erkundigte sich Hagen.

Ruth deutete auf ihre Hackenschuhe. »So kann ich ja wohl kaum durch den Morast waten.« Einen Moment später zog sie mit einem triumphierenden Laut ein Paar pinkfarbene Gummistiefel hervor. Sie waren mit einem Muster aus quietschbunten Blumen verziert.

»Hübsch«, kommentierte Hagen trocken. Er selbst hatte festes Schuhwerk an, in derselben Farbe wie sein senfgelber Sakko.

Nachdem Ruth ihre Schuhe gewechselt hatte, stapften die beiden Seite an Seite los.

*

Hagen entdeckte den Leichnam als Erster. »Da ist er!«, rief er und deutete auf eine längliche Erhebung, die sich kaum von ähnlich großen Ansammlungen aus Algen und Seetang unterschied, die hier und da wie dunkle Buckel aus dem Watt ragten. Seemöwen hüpften neugierig um die Erhebung herum und zupften mit den Schnäbeln daran. Sie flogen auf, als sie die sich nähernden Menschen bemerkten.

Ruth richtete im Gehen den Blick auf den schlammigen Untergrund zu ihren Füßen und deutete dann auf eine Reihe flacher regelmäßiger Mulden, die voller Wasser gelaufen waren. »Das könnten Fußabdrücke sein.«

Hagen nickte. »Nur lassen sich daraus leider keine Rückschlüsse mehr ziehen. Weder Schuhgröße noch Profil lassen sich erkennen.«

»Das stimmt nicht ganz«, erwiderte Ruth. »Die Abdrücke zeigen deutlich, dass jemand auf die Leiche zugegangen ist und anschließend zu den Salzwiesen zurückgekehrt ist.« Sie gab Hagen ein Zeichen, hinter ihr zurückzubleiben. Dann hockte sie sich neben den leblosen Körper hin und betrachtete ihn.

»Wahrscheinlich ein Fischer«, mutmaßte Hagen, der einen Schritt entfernt stehen geblieben war. Seine Hosenbeine waren bis zu den Knien durchnässt.

»Wer immer die Filmaufnahmen gemacht hat, hat sich hier gründlich umgesehen.« Ruth deutete auf die muldenartigen Vertiefungen. »Die Person ist auf geradem Weg hierhergekommen, ist um den Toten herumscharwenzelt, hat gefilmt und ist dann wieder umgekehrt.«

»Womöglich ist dieser Fischer bei einem Unfall draußen auf dem Meer ums Leben gekommen«, mutmaßte Hagen.

»Hat es hier in letzter Zeit denn einen Sturm gegeben?«, hakte Ruth nach.

»Nein«, erwiderte Hagen. »Seit Tagen herrscht Flaute.«

»Also keine unruhige See.« Ruth hob den Arm des Toten und ließ ihn fallen. »Schwer zu sagen, wie lange er schon tot ist und wie lange er im Meer trieb, ehe er hier angeschwemmt wurde. Das kann nur ein Spezialist herausfinden. Es werden aber bestimmt etliche Stunden gewesen sein.«

»Spezialist?« Hagen verzog verwundert die Stirn. »Brauchen wir den denn, wenn es nur ein Unfall war?«

»Das muss schon ein ziemlich ungeschickter Fischer gewesen sein, wenn er bei ruhiger See über Bord gegangen ist«, sagte Ruth. »Außerdem muss die Todesursache so oder so festgestellt werden.«

»Sie glauben, es könnte Mord gewesen sein«, dämmerte es Hagen, der sich hörbar mühte, seine Stimme nicht aufgeregt klingen zu lassen.

»Ich glaube gar nichts.« Ruth kam aus der Hocke hoch und winkte den jungen Mann zu sich. »Helfen Sie mir. Wir werden ihn umdrehen.«

Hagen zögerte kurz, trat dann aber beherzt an Ruths Seite. Gemeinsam griffen sie in die tropfnasse Kleidung des Toten und wuchteten ihn herum.

Hagen keuchte und wich einen Schritt zurück, als er die Halswunde bemerkte. Ein tiefer Schnitt klaffte über der Kehle des Fischers, dessen wachsbleiches, aufgedunsenes Gesicht wie erstarrt wirkte.

Erneut ging Ruth neben der Leiche in die Hocke und nahm die Wunde genauer in Augenschein, ohne sie dabei zu berühren. »Kaum Blut«, stellte sie fest. »Er wird im Meer ausgeblutet sein. Die Wunde ist sauber ausgewaschen.«

Sie wischte sich die Hände an ihrer Jeanshose trocken und zog ein Paar Einmalhandschuhe aus der Innentasche ihres Jacketts. Nachdem sie die hauchdünnen Latexhandschuhe übergestreift hatte, begann sie die Taschen des Mannes zu durchsuchen.

»Leer«, stellte sie fest. »Er hat nichts bei sich, das zu seiner Identifizierung beitragen könnte.«

Sie stand auf, streifte die Handschuhe ab und warf sie Hagen zu. »Wir brauchen hier Leute von der Spurensicherung und einen Forensiker.« Sie ließ den Blick über die Salzwiesen schweifen. »Womöglich finden die Kollegen hier noch irgendwelche verwertbaren Spuren. Außerdem muss die Brücke über den Störtebekerkanal abgesperrt werden. Ich will hier keine Schaulustigen haben.«

»Es war Mord!« Hagen konnte seine Aufregung nun doch nicht mehr verbergen. Dann begriff er, dass seine Vorgesetzte ihm gerade Anweisungen gegeben hatte.

»Nun machen Sie schon«, fuhr Ruth ihn im selben Moment an, da er in seinen Taschen hektisch nach seinem Handy suchte. »Die Gezeiten arbeiten gegen uns.«

Hagen beugte sich über sein Telefon, das er endlich hervorgekramt hatte. »Ich rufe Alice an«, erklärte er. »Die Listen mit den Kontaktdaten der von uns benötigten Dienststellen ist in ihrem Rechner gespeichert. Sie kann das alles erledigen.«

Ruth beobachtete ihn interessiert, während er an seinem Handy herumfingerte. »Gibt es hier ein Netz?«, fragte sie.

Hagen nickte abgehackt. »Kein Problem. Ich kann Alice von hier aus anrufen.«

»Dann kann die Person, die gefilmt hat, die Datei also tatsächlich von hier aus ins Internet hochgeladen haben«, überlegte Ruth laut.

Hagen drehte sich weg, um ungestört mit Alice telefonieren zu können, die das Gespräch in diesem Moment entgegennahm.

»Ich frage mich, warum MaxiMumm diesen Fund nicht persönlich der Polizei gemeldet hat, sondern diesen Umweg über seinen Videokanal gewählt hat«, fuhr Ruth mit ihren laut geäußerten Überlegungen fort.

Währenddessen erklärte Hagen Alice, was sie tun sollte. »Ja«, sagte er und schielte verstohlen zu Ruth hinüber. »Es läuft ganz gut mit uns. Und jetzt hör mir genau zu. Es ist wichtig.«

Kapitel 3

Die Zeitanzeige in Ruths Auto stand auf kurz vor zehn Uhr, als sie mit den Wagen auf den Parkplatz des Polizeigebäudes einschwenkte. Überrascht bremste sie ab. Zwei zusätzliche Fahrzeuge waren auf den Stellflächen abgestellt worden. Ein VW-Polo-Polizeiwagen und eine sportliche schwarze BMW-Limousine.

»Unser Einsatzfahrzeug ist da«, freute sich Hagen überschwänglich. Seine Augen leuchteten förmlich. »Alice' Streifenwagen ist auch bereits eingetroffen.«

Ruth parkte ihren VW up!, und die beiden stiegen aus. Hagen strich um den BMW herum und stieß einen anerkennenden Pfiff aus, als er einen Blick ins Innere warf.

»Gehen wir rein«, drängte Ruth. »Es wartet eine Menge Arbeit auf uns.«

Hagen nickte widerwillig und folgte seiner Kollegin ins Gebäude.

Alice saß hinter dem Empfangstresen und telefonierte. Sie hielt die Hand vor die Sprechmuschel und blickte zu ihnen auf, als sie eintraten. »Es ist Besuch für Sie da«, sagte sie und deutete mit einem Kopfnicken auf die Tür hinter sich. Anschließend führte sie das Gespräch fort. Offenbar sprach sie gerade mit den Kollegen aus Emden, die beim Fundort der Leiche zugegen waren. Ruth und Hagen hatten die Männer und Frauen vor etwa zwanzig Minuten verlassen, weil es für sie bei den Salzwiesen nichts mehr zu tun gab.

Die beiden Ermittler traten hinter den Tresen. Folgsam schritt der frischgebackene Kommissar hinter seiner älteren Kollegin her. Eine Geste, die Ruth befriedigt zur Kenntnis nahm, zeigte sie doch, dass Hagen sich trotz seiner manchmal durchblitzenden Selbstzufriedenheit durchaus zurückzunehmen wusste. Sie musste zugeben, dass ihr der junge Mann immer sympathischer wurde. Dennoch war sie noch nicht bereit, ihm das Du offiziell anzubieten.

Als Ruth die Bürotür öffnete, fiel ihr Blick als Erstes auf ihren Schreibtisch. Eine brünette Frau mittleren Alters machte sich daran zu schaffen. Die hochgeschossene Person im moosgrünen Kostümkleid schnitt eine Torte an und legte die Stücke auf bereitstehende Teller. Ruths Handtasche und die Tastatur hatte sie kurzerhand beiseitegeschoben, um für ihr Vorhaben Platz zu schaffen.

Ruth stemmte die Hände in die Hüften. »Darf ich mal fragen, was das zu bedeuten hat?«, fragte sie laut vernehmlich.

Erschreckt fuhr die Frau herum, das beschmierte Kuchenmesser wie eine Waffe in der Faust haltend. Bevor sie etwas sagen konnte, tauchte aus der Küche eine weitere fremde Person auf: ein stämmiger Mann mit Halbglatze, dessen legerer Anzug äußerst gepflegt und teuer anmutete. Er hielt eine Thermoskanne und einen Krug Wasser in den Händen.

»Ah – da sind Sie ja«, sagte er in aufgeräumter Stimmung und trat mit großen Schritten auf Ruths Schreibtisch zu, um die Gefäße darauf abzustellen. Anschließend wandte er sich den Ankömmlingen zu, ein freundliches Lächeln auf seinem sympathisch erscheinenden Gesicht. »Hennig Lindau«, stellte er sich vor, während er Ruths Hand schüttelte. »Staatsanwalt«, fügte er wie beiläufig hinzu. Er deutete auf seine hochgewachsene Begleiterin. »Das ist Frau Carla Oberlander, meine Sekretärin.« Er trat auf Hagen zu und begrüßte auch ihn mit derselben Zuvorkommenheit.

Ruth nickte der Sekretärin kurz zu. »Entschuldigen Sie meine schroffe Art«, sagte sie.

Die Frau winkte ab. »Schon gut.« Mit der Messerspitze deutete sie auf den Kuchen. »Ein herzliches Willkommen in Ihrer neuen Dienststelle, Frau Fasan«, sagte sie dann.

»Danke.« Ruth lächelte gezwungen. Sie hatte nicht viel übrig für derartige Feierlichkeiten, musste sie einmal mehr feststellen. Es behagte ihr nicht, im Rahmen eines zwanglosen Beisammenseins im Mittelpunkt zu stehen, egal ob es sich um eine berufliche oder eine private Zusammenkunft handelte. Irgendwie kam sie sich in solchen Situationen stets deplatziert vor und war von der Aufmerksamkeit, die ihr dabei zuteilwurde, eher peinlich berührt. Ganz anders verhielt es sich, wenn sie mitten in einer Ermittlung steckte. Da genoss sie es, die Fäden in der Hand zu halten und mit ihren Kollegen zu interagieren. Für Smalltalk und den Austausch persönlicher Dinge war während einer laufenden Ermittlung auch kaum Zeit, während die Feierlichkeiten förmlich dazu einluden, etwas über sich preiszugeben. Sosehr sie einen ehrlichen Umgang mit ihrem Ermittlungspartner auch schätzte, so mochte sie es überhaupt nicht, anderen Menschen Einblick in ihr Privatleben zu gewähren.

In Gedanken versunken nahm Ruth von der Sekretärin einen Kuchenteller entgegen. *Komisch,* dachte sie. *In Hamburg war mir mein Charakterzug nie als verschroben erschienen. Aber jetzt ...*

»Greifen Sie zu«, forderte Hennig Lindau sie auf, der bereits selbst einen Teller mit Kuchen in der Hand hielt und soeben genüsslich eine Gabel hineinstieß. »Den hat meine Frau gebacken.« Er blinzelte verschwörerisch. »Nach einem alten Rezept ihrer Mutter.«

Da geht's schon los mit dem Smalltalk, dachte Ruth säuerlich. Sie musste allerdings feststellen, dass sie tatsächlich großen Hunger verspürte. Seit sie in Hamburg aufgebrochen war, hatte sie nichts mehr zu sich genommen.

»Normalerweise wird für die Zubereitung der Ostfriesentorte Zitronenlikör verwendet«, fuhr der Staatsanwalt unterdessen fort. Er lächelte beflissen. »Aber wir sind ja im Dienst. Darum hat sie stattdessen Zitronensaft mit Wasser gemischt.«

Ruth schob sich eine Gabel voll Kuchen in den Mund. Das Geschmackserlebnis war so überwältigend, dass sie unwillkürlich einen wohligen Laut von sich gab und anerkennend nickte.

Der Staatsanwalt lächelte wissend. »Wundervoll, nicht wahr?« Ehe Ruth mit einer unverbindlichen Höflichkeit antworten konnte, fuhr er fort: »Wie ich hörte, sind Sie bereits an einem Mordfall dran.« Er hob abwehrend die Kuchengabel, als Ruth den Mund aufmachte, um eine Erklärung abzugeben. »Frau Bergmann hat mich bereits genauestens ins Bild gesetzt«, meinte er gut gelaunt. »Der Fundort der Leiche wurde abgesperrt, Kollegen von der Emder Spurensicherung und der Rechtsmediziner sind vor Ort. Alles läuft wie am Schnürchen.« Er nickte lobend in die Runde. »Es war offensichtlich eine gute Entscheidung, eine Kollegin aus Hamburg bei uns aufzunehmen, nicht wahr?«

Zustimmendes Gemurmel machte sich breit. Ruth stopfte sich peinlich berührt hastig eine Gabel voll Ostfriesentorte in den Mund.

»Ohne Ihre Verbindungen wären wir auf diesen Toten womöglich nicht aufmerksam geworden«, fuhr Lindau fort.

Ruth zuckte verlegen mit den Schultern. »Das ist aber nicht unbedingt mein Verdienst«, sagte sie kauend.

»Haben Sie denn schon eine ungefähre Vorstellung, wer als Täter infrage kommt?«, wollte der Staatsanwalt wissen. Er breitete die Arme aus, wobei ein paar Krümel von seinem Teller purzelten. »Ich bin ja jetzt hier und kann Ihnen jederzeit einen Haftbefehl oder eine Anweisung für eine Hausdurchsuchung ausstellen. Diese Dokumente wird Frau Oberlander Ihnen in Zukunft per Fax zukommen lassen, wenn ich in meinem Büro in Emden weile, was leider viel zu oft der Fall ist. Nutzen Sie also Ihre Chance.«

Ruth schüttelte bedauernd den Kopf. »So weit sind wir noch lange nicht. Wir haben noch nicht einmal die Identität des Opfers geklärt.«

Als wäre dies eine Aufforderung, setzte sich Hagen an seinen Schreibtisch. Er stellte den Kuchenteller neben sich ab und machte sich an seiner Tastatur zu schaffen.

Der Staatsanwalt sah sein Kuchenstück zweifelnd an. »Wir halten Sie von der Arbeit ab«, stellte er fest. Ohne Umschweife drückte er seiner Sekretärin seinen Teller in die Hand und sah sich dann fahrig um. »Wo habe ich es denn hingestellt?«, fragte er wie zu sich selbst.

Carla Oberlander deutete mit beiden Tellern wortlos neben die antike Anrichte mit dem technischen Equipment darauf. Dort stand ein silberner Aluminiumkoffer auf dem Boden.

Mit einem triumphierenden Laut, als hätte er das Gepäckstück selbst entdeckt, eilte der Staatsanwalt auf den Koffer zu, nahm ihn und kehrte damit an Ruths Schreibtisch zurück. Dort stellte er ihn auf die äußere Kante der Tischplatte und schob die Torte nebst Geschirr und Kannen mit dem Koffer behutsam zur Seite, bis genug Platz vorhanden war, um das Gepäckstück flach hinzulegen. Anschließend öffnete er das Zahlenschloss und klappte den Deckel auf.

In ein Bett aus Schaumstoff gepackt ruhten dort zwei in einem Holster steckende Pistolen sowie zwei nagelneue Polizeiausweise.

Lindau nahm eine der Waffen und überreichte sie Ruth mit beiden Händen und mit einer Gestik, als befürchtete er, dass sie gleich von selbst losgehen könnte.

Ruth packte zu. Mit fließenden Bewegungen ließ sie die Pistole aus dem Holster in ihre Hand gleiten und überprüfte sie. Es handelte sich um eine HK P30, eine speziell für die Polizei konzipierte Selbstladepistole des deutschen Waffenherstellers Heckler & Koch. In Hamburg hatte Ruth eine alte Walther PPK verwendet, die heute jedoch nicht mehr vergeben wurde. Ihre neue Waffe war ein wenig größer und schmiegte sich gefälliger in ihre Hand, musste sie feststellen. »Ich hoffe, dass ich sie nie werde einsetzen müssen«, murmelte sie und steckte die Pistole zurück in das Holster. Anschließend nahm sie ihren Dienstausweis entgegen. Während sie einen flüchtigen Blick auf das Dokument warf und sich über ihr unvorteilhaftes Porträtfoto ärgerte, fischte Lindau einen Stapel Zettel aus einem Schubfach im Deckel des Koffers.

Carla Oberlander hatte den Kuchen und die anderen Utensilien derweil in die Küche verfrachtet und wischte die Platte gerade mit einem Tuch sauber. Ihr Chef legte die Papiere auf der frei gewordenen Fläche aus. Es handelte sich um Dokumente, die bestätigten, dass Ruth den Ausweis und die Dienstwaffe nebst einer bestimmten Anzahl von Munition erhalten hatte.

Die Hamburgerin setzte sich und unterschrieb die Zettel an den vorgesehenen Stellen. Das letzte Dokument befasste sich mit dem Dienstwagen. Darauf war vermerkt, dass Staatsanwalt Hennig Lindau das Auto überführt hatte.

Lindau, der neben Ruth stand und ihr beim Unterschreiben zusah, bemerkte ihr Zögern. »Stimmt etwas nicht?«, erkundigte er sich.

»Nein – alles in Ordnung«, erwiderte Ruth. »Es wundert mich nur, dass ausgerechnet Sie den Dienstwagen nach Greetsiel gebracht haben.«

»Und den Streifenwagen habe ich gefahren«, warf Carla Oberlander ein.

Lindau lachte kurz auf. »Wahrscheinlich fragen Sie sich, ob ein Staatsanwalt und seine Sekretärin in Ostfriesland nichts Besseres zu tun haben.«

Ruth lächelte unverbindlich. »So unhöflich würde ich es nicht ausdrücken.«

»Die Dinge laufen hier ein wenig anders, als Sie es vielleicht gewohnt sind«, sagte Lindau unaufgeregt. »Die erste Devise lautet: Ruhe bewahren. Zweitens ist ein gewisses Maß an Improvisationstalent erforderlich. Wir helfen einander gerne und pfeifen manchmal auf den Dienstrang, wenn dieser uns daran hindert, etwas Sinnvolles zu tun.«

»Klingt nach einer vernünftigen Einstellung«, merkte Ruth vorsichtig an.

»Sie werden sich schon noch daran gewöhnen«, zeigte Lindau sich zuversichtlich. »Sie werden es am eigenen Leib erfahren. Das Leben in Ostfriesland wird Sie verändern.«

Ruth stauchte den Papierstapel zusammen und überreichte ihn dem Staatsanwalt. »Wir werden sehen«, sagte sie und bemerkte, dass sie dabei sogar aufrichtig lächelte.

Es wurde an die Tür geklopft. Bevor Ruth »Herein« rufen konnte, schwang das Türblatt auf und Alice erschien auf der Schwelle.

»Was haben Sie auf dem Herzen?«, fragte Ruth bemüht freundlich. Insgeheim ärgerte sie sich ein wenig über das forsche Auftreten der jungen Streifenpolizistin. Ihr Verhalten könnte bei Lindau den Eindruck erwecken, dass sie, Ruth, es nicht schaffte, sich ihren Untergebenen gegenüber Respekt zu verschaffen.

»Es gibt ein kurzes Update von unseren Leuten beim Fundort der Leiche«, erklärte Alice. »Ich dachte, das würde Sie interessieren.«

»Das tut es auch«, gab Ruth knapp zurück. Alice schien ihre leichte Verstimmung bemerkt zu haben. Die Hauptkommissarin kam sich plötzlich albern vor. Lindau hatte ihr doch gerade eben erst zu verstehen gegeben, dass er es mit den Diensträngen nicht so genau nahm. Es war also unsinnig zu glauben, dass er Anstoß an der Situation nehmen könnte.

Immer die Ruhe bewahren, rief Ruth sich in Erinnerung. *Du bist hier nicht in Hamburg, vergiss das nicht!*

»Dann schießen Sie mal los«, forderte sie die Streifenpolizistin auf und hoffte, dass sie dabei entspannter klang, als sie sich fühlte.

»Doktor Fixlmillner hat den ungefähren Todeszeitpunkt des Opfers auf heute Morgen zwischen vier und fünf Uhr festgesetzt«, berichtete Alice. »Der Leichnam wird jetzt in die forensische Abteilung in Emden gebracht und dort genauer untersucht. Die Kollegen von der Spurensicherung ziehen sich auch zurück. Leider haben sie nichts von Interesse entdeckt.«

»Das war auch nicht zu erwarten gewesen«, sagte Ruth. »Richten Sie den Kollegen bitte trotzdem meinen Dank aus, Frau Bergmann.«

»Das ist bereits geschehen.«

»Gut gemacht. Gibt es sonst noch was?«

Alice schüttelte den Kopf, deutete eine Verbeugung an und zog sich zurück.

»Das ist unser Mann!«, rief Hagen plötzlich aus. Er rollte mit seinem Stuhl ein Stück vom Schreibtisch weg und deutete mit der Geste eines Zirkusdirektors, der eine Attraktion präsentierte, auf den Computerbildschirm.

*

Hagen Reese hatte eine Seite der zentralen Erfassungsstelle der in der Nordsee aktiven deutschen Fischer aufgerufen. Es handelte sich um ein Datenblatt mit den persönlichen Angaben eines dieser

Fischer, dazu gehörte auch eine Portraitaufnahme. Ruth erkannte sofort, dass es sich bei dem abgelichteten Mann um den Toten aus dem Watt handelte. Ein auffälliges Muttermal auf dem linken Wangenknochen und andere Gesichtsmerkmale ließen daran keinen Zweifel aufkommen.

»Christian Hellmann«, las sie den Namen vom Bildschirm ab. »Er wohnte hier in Greetsiel.«

Hagen nickte beipflichtend. »Ich habe bei den Meistereien der Häfen entlang der ostfriesischen Küste nachgefragt, ob dort etwas Verdächtiges aufgefallen ist«, schilderte er sein Vorgehen. »Außer im Hafen von Greetsiel gab es nirgendwo eine Auffälligkeit, die mit dem Verschwinden eines Fischers in Zusammenhang stehen könnte.«

»Was hatte der Hafenmeister von Greetsiel denn zu melden?«, erkundigte sich Lindau, der gemeinsam mit Ruth über den Bildschirm gebeugt dastand.

»Eines der hier stationierten Fischerboote wird vermisst«, antwortete Hagen. »Die *Greete 3*.« Er deutete auf den Bildschirm. »Und das ist der Eigner dieses Schiffes. Es handelt sich um eines dieser kleinen schmucken Holzboote, die im Hafen einen so malerischen Eindruck machen.«

»Wie lange ist die *Greete 3* denn schon überfällig?«, erkundigte sich Ruth.

»Sie hätte in der Nacht eigentlich von der Fangfahrt zurückkehren müssen. Das ist aber nicht geschehen.«

»Ist bekannt, wie viele Personen sich an Bord aufgehalten haben?«, hakte die Hamburgerin nach.

»Offenbar nur einer: der Eigner selbst«, antwortete Hagen.

Ruth furchte die Stirn. »Ist es denn üblich, dass sich nur eine Person auf Fangfahrt begibt?«

»Das kommt vor«, meinte Hagen. »Es ist für die Fischer kostengünstiger, wenn sie auf eine Hilfskraft verzichten.«

Ruth richtete sich auf. »Dann ist die *Greete 3* wahrscheinlich noch irgendwo da draußen auf der Nordsee. Das Boot muss unbedingt gefunden werden.«

»Ich werde die Küstenwache verständigen.« Erneut griff Hagen nach dem Telefon.

Ruth legte dem jungen Mann eine Hand auf die Schulter. »Sagen Sie den Kollegen, dass sie das Boot wie einen Tatort behandeln sollen.«

»Wird gemacht.« Hagen begann zu wählen.

Unterdessen begab sich Ruth an ihren eigenen Schreibtisch. Sie setzte sich mit dem Einwohnermeldeamt in Verbindung, um sich nach etwaigen Angehörigen von Christian Hellmann zu erkundigen. Es dauerte eine kleine Weile, ehe sie jemanden an die Strippe bekam. Die Recherche nach den gewünschten Daten gestaltete sich dann auch noch einmal zeitraubend. Die Mitarbeiterin des Einwohnermeldeamtes arbeitete zwar emsig, hatte aber die Ruhe weg.

Während Ruth wartete, wickelte Lindau mit Hagen, der das Gespräch mit der Küstenwache bereits beendet hatte, die Übergabe der Dienstwaffe und des Ausweises ab. Schließlich verstaute der Staatsanwalt die unterschriebenen Dokumente und klappte den nun leeren Koffer zu. »Wir verschwinden denn mal«, raunte er der Hauptkommissarin zu, während er sich den Aluminiumkoffer unter den Arm klemmte.

Ruth hielt die Sprechmuschel zu. »Wie kommen Sie denn nun nach Emden zurück?«, erkundigte sie sich.

Lindau winkte ab und lächelte. »Wir improvisieren. Machen Sie sich keine Gedanken.«

Der Staatsanwalt und seine Sekretärin verabschiedeten sich mit gedämpfter Stimme und verließen den Raum. Ruth wollte ihnen noch ein nettes Abschiedswort hinterherrufen, doch in diesem Moment hatte die Beamtin am anderen Ende der Leitung ihre Nachforschung beendet.

»Herr Christian Hellmann hat nur einen lebenden Verwandten«, berichtete sie. »Es ist sein Bruder, Friedrich Hellmann.«

»Die Adresse bitte«, forderte Ruth, die bereits ungeduldig mit ihrem Kugelschreiber spielte. Sie notierte die Daten auf einem bereitstehenden Notizblock. »Wer immer diese Polizeistation eingerichtet hat, hat wirklich an alles gedacht«, murmelte sie schreibend. Schließlich bedankte sie sich bei der Frau und legte auf. Anschließend wandte sie sich Hagen zu. Gedankenversunken drehte er seine Dienstwaffe in den Händen und schreckte zusammen, als Ruth ihn ansprach. Kurz schilderte sie ihm, was sie über die Angehörigen des Opfers herausgefunden hatte. »Der Bruder wohnt in Greetsiel.« Sie stand auf und griff nach ihrem Jackett. »Machen wir uns auf den Weg.«

Hagen verstaute die Waffe im Holster, erhob sich und schnallte die Pistolentasche um. Anschließend breitete er die Jacke darüber und überprüfte den Sitz. »Sieht man, dass ich eine Waffe trage?«, erkundigte er sich und drehte sich, damit Ruth ihn von allen Seiten betrachten konnte.

Die Hauptkommissarin schüttelte den Kopf. »Ein geübtes Auge sieht es. Aber man muss schon genau hinsehen.« Sie trat an den Waffenschrank neben dem Aktenregal heran, tat ihre Pistole in eines der Fächer und schloss es ab.

Hagen beobachtete sie leicht verwundert. »Sie machen für heute Feierabend?«, erkundigte er sich.

»Nein, ich glaube nur nicht, dass ich eine Waffe benötige, wenn wir Herrn Hellmann mitteilen, dass sein Bruder ums Leben gekommen ist.«

Hagen zuckte mit den Schultern. »Okay, wie Sie meinen. Ich halte mich an die Empfehlung und trage meine Dienstwaffe bei mir.«

»Das können Sie halten, wie Sie wollen.« Ruth verließ den Raum und Hagen folgte ihr. Im Empfangsraum wandte sie sich an die Bereitschaftspolizistin. »Darf ich Sie um einen Gefallen bitten, Frau Bergmann?«

Alice, die vor dem Tresen saß, sah freundlich zu ihr auf. »Sicherlich. Was soll ich denn für Sie tun?«

Ruth rieb sich verlegen den Nacken. »Ich habe mich noch um keine Bleibe gekümmert. Es wäre nett, wenn Sie mir eine vorübergehende Unterkunft beschaffen könnten.«

Alice lächelte gewinnend. »Ich werde sehen, was sich da machen lässt. Die Fremdenzimmer sind wahrscheinlich alle ausgebucht. Irgendwo werde ich aber wohl noch ein Bett für Sie auftreiben können.«

»Danke, damit würden Sie mir sehr helfen. Ich hatte nicht damit gerechnet, bei meiner Ankunft gleich in einem Mordfall ermitteln zu müssen. Darum komme ich jetzt wohl nicht mehr dazu, mich selbst zu kümmern.«

Alice griff nach dem Telefonhörer. »Machen Sie sich keine Gedanken, Frau Fasan. Ich werde für Sie schon etwas Passendes auftreiben.«

Ruth bedankte sich noch einmal, dann verließ sie gemeinsam mit ihrem Partner die Polizeistation.

»Warum lassen Sie mich den Besuch bei Herrn Hellmann nicht allein erledigen?«, fragte Hagen auf dem Weg zu ihrem nietnagelneuen Dienstwagen. »Dann haben Sie Zeit, in Greetsiel erst einmal zu landen. Sie sind sicherlich erschöpft von der Reise und …«

»Haben Sie denn schon einmal Angehörigen eine Todesnachricht überbracht?«, unterbrach Ruth ihn.

Hagen nickte zögernd. »Während meiner Ausbildung bin ich zwei Mal bei solchen Anlässen zugegen gewesen.«

»Als Beobachter im Hintergrund«, vermutete Ruth und umrundete den BMW, um auf die Fahrerseite zu gelangen.

»Ja«, sagte Hagen verdrießlich und blieb unschlüssig vor dem Kofferraum stehen. Dann verzog er das Gesicht und begab sich auf die Beifahrerseite.

Ruth sah ihn über das Wagendach hinweg an. »Nehmen Sie es mir nicht übel. Aber ich denke, Sie sollten an meiner Seite lieber erst noch ein paar Erfahrungen auf diesem Gebiet sammeln.«

Hagen winkte ab. »Ja, ja, schon gut. So oft wird das wohl aber nicht vorkommen.« Verstimmt rüttelte er an der Wagentür, die noch verschlossen war.

»Hagen!«, rief Ruth ihm zu und warf ihm, als er zu ihr hinübersah, die Autoschlüssel zu. »Sie fahren!«

Der junge Mann fing den Schlüssel auf, einen begeisterten Ausdruck auf dem Gesicht. Dann wechselten sie die Fahrzeugseiten und stiegen ein.

Kapitel 4

Friedrich Hellmann wohnte in einem kleinen Einfamilienhaus in einer vom Pilsumer Weg abzweigenden Seitenstraße. Hagen stoppte den Wagen neben der Grundstückseinfahrt. Es parkten etliche Fahrzeuge am Straßenrand. Bei den meisten handelte es sich um Autos von weit hergereisten Touristen, wie Ruth an den Nummernschildern erkannte.

Sie stiegen aus. Die Sonne schien prall auf sie herab und blendete sie ein wenig. Es war ein Tag, wie ihn sich die Gäste von Greetsiel gar nicht schöner wünschen konnten. Für Christian Hellmanns Bruder sollte er zu einem der düstersten seines Lebens werden.

»Dann zeigen Sie mal, was Sie gelernt haben«, sagte Ruth und deutete mit einer Kopfbewegung zu dem Haus hinüber.

Hagen nickte und zog seine Anzugsjacke glatt. Anschließend marschierte er die Auffahrt hinauf und auf die Haustür zu. Dabei visierte er den Eingangsbereich mit einem entschlossenen Blick an, als wollte er sich für das Bevorstehende wappnen.

Ruth folgte ihm gelassen und stellte sich halb hinter ihn, als er die Türklingel drückte. Erneut zog Hagen die Jacke glatt, indem er an den unteren Säumen zog, und räusperte sich.

Im nächsten Moment wurde die Tür ungestüm aufgerissen. Ein aufgelöst erscheinender junger Mann tauchte in der Türöffnung auf. Das blonde Haar war zerzaust und ein Hemdzipfel hing aus der Hose. Er starrte Hagen verwirrt an und ließ den Blick dann unstet zwischen ihm und Ruth hin und her huschen.

»Sind Sie Friedrich Hellmann?«, erkundigte sich Hagen in freundlich-sachlichem Tonfall.

»Wer sind Sie?«, fragte der Mann perplex.

Hagen machte Anstalten, nach seinem Dienstausweis zu greifen, als in dem Haus plötzlich der schrille, markerschütternde Schrei einer Frau aufgellte. Es lag so viel Schmerz und Qual in diesem Schrei, dass sich Hagens Nackenhaare augenblicklich aufstellten. Er stieß dem Mann derbe vor die Brust, sodass dieser zurücktaumelte und mit dem Rücken gegen die offene Tür prallte. Dann stürmte er den Hausflur entlang und riss im Laufen seine Dienstwaffe aus dem Holster.

»Hagen – nicht!«, rief Ruth ihm hinterher. Aber ihr Partner hörte sie nicht. Sein Handeln und Denken schien nur auf eine Sache fixiert: die noch immer ihren Schmerz hinausbrüllende Frau.

∗

Ruth hielt dem jungen Mann, der keuchend an der offenen Eingangstür lehnte, ihren Dienstausweis unter die Nase. »Kripo«, sagte sie knapp. »Darf ich reinkommen?«

»Was? Wieso?« Ruth hatte den Eindruck, dass der Mann den Ausweis gar nicht richtig wahrnahm. Sein Blick war flatterhaft und um den Mund herum wirkte er unnatürlich blass.

»Das erkläre ich Ihnen später.« Sie schob sich an dem Mann vorbei und durchquerte den Flur mit weit ausholenden Schritten. Die Schreie der Frau hielten noch immer in unverminderter Lautstärke an. Sie drangen aus dem Wohnzimmer. Dorthin war auch Hagen gerannt. Er war ein paar Schritte in den Raum hineingestürmt und stand jetzt stocksteif da.

Im nächsten Moment war Ruth an seiner Seite. Mit nur einem Blick erfasste sie die Situation – und behielt im Gegensatz zu ihrem Partner kühles Blut. Sanft, aber bestimmend drückte sie Hagens nach vorn ausgestreckte Arme nieder, sodass der Lauf seiner Pistole nun auf den Dielenboden zeigte. Dann hielt sie ihren Dienstausweis hoch.

»Sie haben hier nichts zu suchen!«, rief eine Frau mit zischender Stimme zu ihnen herüber, sodass die Worte trotz der permanenten Schreie gut zu hören waren. Sie klang in keiner Weise erschreckt, dafür aber resolut und selbstbestimmt. Die Frau, die schrie, hockte in einer Art aufblasbarem Swimmingpool, der ein wenig höher als üblich war. Die Frau war nackt. Ihr praller ballonartiger Bauch ragte zur Hälfte aus dem Wasser. Als säße sie in einem viel zu großen Sofasessel stützte sie sich mit den Armen auf dem Beckenrand ab, den Kopf mit den braunen, nassen Haaren gesenkt und das Kinn auf die Brust gepresst. Jetzt hörte sie kurz auf zu schreien, atmete stattdessen hechelnd und gab dann einen gequälten, angestrengten Laut von sich. Von den Eindringlingen schien sie kaum Notiz zu nehmen.

»Nun machen Sie schon – raus hier«, drängte die zweite in dem Raum anwesende Frau. Sie stand neben dem Swimmingpool, die

Ärmel ihres hellblauen Kittels bis zu den Ellenbogen hochgekrempelt. Sie war schlank und zierlich gebaut. Das blauschwarze, glatte Haar hatte sie im Nacken zu einem Pferdeschwanz zusammengebunden. In ihren dunklen Augen lag ein fordernder, resoluter Ausdruck. Wassertropfen glitzerten auf ihrem südländisch aussehenden Gesicht und hatten ihren Kittel vorne mit dunklen Flecken besprenkelt.

Ruth fasste den noch immer wie geschockt dastehenden Hagen bei den Schultern, drehte ihn um und schob ihn auf den Flur hinaus. »Machen Sie ruhig weiter!«, rief sie der Hebamme dabei über die Schulter zu.

»Wenn Sie schon mal da sind, können Sie mich ruhig ein wenig unterstützen«, sagte diese, setzte ein Herztonrohr auf den prallen Bauch der Schwangeren und hielt das Ohr ans andere Ende.

Ruth blieb stehen und sah sich halb um. »Was sollen wir tun?«, fragte sie bereitwillig und gab Hagen einen Schubs, sodass er den Flur entlangtappte, direkt auf den Mann zu, der ihnen die Tür geöffnet hatte.

»Kümmern Sie sich um den werdenden Vater«, erläuterte die Frau, während sie an dem Herztonrohr horchte. »Der ist mit den Nerven ziemlich am Ende und braucht ein wenig Zuspruch.« Sie legte das Herztonrohr beiseite und nickte der Frau im Wasser zu. »Alles bestens«, sagte sie zu ihr und sah dann erneut zu Ruth hinüber, ein fragender Ausdruck auf ihrem Gesicht. »Wer sind Sie überhaupt, und was hat dieser martialische Auftritt zu bedeuten?«

»Polizei«, sagte Ruth. »Aber das braucht Sie jetzt nicht zu kümmern.«

Die Hebamme schüttelte den Kopf. »Ihr Kollege hat mir einen ziemlichen Schrecken eingejagt.«

»Er ist noch ein wenig unerfahren.« Ruth konnte nicht umhin, die Frau zu bewundern. Dass die auf sie gerichtete Waffe sie in irgendeiner Weise beunruhigt hätte, war ihr nicht anzumerken gewesen. Auch jetzt wirkte sie vollkommen in sich ruhend und selbstsicher. Zu keiner Sekunde hatte sie der Gebärenden den Eindruck vermittelt, dass ihnen eine Gefahr drohte.

»Ich werde meinem Partner den Kopf waschen und die Leviten lesen«, versprach Ruth trocken. Als die Frau erneut zu pressen und zu schreien anfing, wandte sie sich ab und verließ den Raum.

Hagen sah ihr zerknirscht entgegen. »Ich habe Mist gebaut, stimmt's?«, fragte er.

»Das haben Sie messerscharf erkannt«, gab Ruth sarkastisch zurück. Sie sah die beiden jungen Männer streng an. »Und jetzt ab in die Küche, marsch, marsch!«

*

Ruth setzte die Kaffeemaschine in Gang. Hagen und der werdende Vater saßen am Küchentisch. Erst jetzt schien dieser zu begreifen, dass irgendetwas nicht stimmte.

»Sie sind von der Kripo, haben Sie gesagt?«, fragte er noch halb benommen.

»Dazu kommen wir später«, warf Ruth ein, ehe Hagen das Wort ergreifen konnte. »Jetzt kümmern wir uns erst einmal um Sie.«

Aus dem Wohnzimmer hallte erneut ein langgezogener Schrei herüber. Begütigend und aufmunternd zugleich redete die Hebamme mit laut vernehmlicher Stimme auf die Frau ein.

»Ich … ich dachte, es wäre die zweite Hebamme, als es an der Tür geklingelt hat«, berichtete der Mann. »Sie wollte von Juist so schnell wie möglich rüberkommen.« Er sah die beiden ihm fremden Personen besorgt an. »Der Muttermund – er ist schon vollständig geöffnet. Das Baby … es kann jeden Moment kommen! Da muss doch eine zweite Hebamme …«

Ruth stellte einen Becher vor den Mann hin. »Ich habe den Eindruck, dass eure Hebamme alles bestens im Griff hat«, beruhigte sie ihn.

»Wie heißen Sie?«, fragte Hagen und nickte Ruth dankend zu, als sie auch ihm einen Becher hinstellte. Im Hintergrund gurgelte die Kaffeemaschine und verströmte den Geruch frisch gebrauten Kaffees.

»Friedrich. Friedrich Hellmann … wie denn sonst?«, gab der Mann zur Antwort und starrte seine ungebetenen Gäste verständnislos an. »Was wollen Sie überhaupt von mir?«

Ruth warf Hagen einen eindringlichen Blick zu, um ihm zu bedeuten, dass er den Grund ihres Hierseins vorerst außen vor lassen sollte. Es war nicht abzusehen, wie Friedrich reagierte, wenn er in seinem jetzigen Zustand vom Tod seines Bruders erfuhr. »Wie lautet der Name Ihrer Hebamme?«, fragte sie, wobei sie einen förmlicheren Umgangston einschlug. Dass sie hin und wieder im Umgangston schwankte, führte sie darauf zurück, dass sie sich noch nicht ganz sicher war, ob sie die Erkenntnis zulassen sollte, dass es ihr hier in Greetsiel tatsächlich zu gefallen anfing.

»Sie heißt Dünya Hennigs«, antwortete Friedrich beflissen. »Ihr Vater ist Deutscher und ihre Mutter stammt aus der Türkei.«

Hagen gab sich erstaunt. »Dass eine Türkin einen Deutschen heiratet, kommt bestimmt nicht oft vor«, äußerte er sich. »Die türkischen Familien sind sehr pingelig, wenn es um ihre Töchter …«

»Wissen Sie denn schon, was es wird?«, platzte Ruth mit einer Frage dazwischen. Ihr Auftrag lautete, den werdenden Vater zu beruhigen, aber nicht, ihn mit seinen Gedanken weit von dem wegzuführen, was sich gerade in seinem Wohnzimmer abspielte.

Friedrich schüttelte den Kopf. »Wir wollten uns überraschen lassen. So haben wir es damals bei unserer Tochter auch gemacht.«

»Sie haben eine Tochter? Wo ist sie?« Ruth zog die Glaskanne unter dem Filteraufsatz der Kaffeemaschine hervor und schenkte den beiden Männern ein. Anschließend füllte sie auch für sich selbst einen Becher.

Friedrich deutete gegen die Küchendecke. »Susie ist oben in ihrem Zimmer – sie ist letzte Woche sechs geworden.« Er seufzte. »Sie ist bestimmt noch viel aufgeregter als ich.«

In diesem Moment schwang die Tür unter der Spüle auf und ein strohblondes Mädchen kroch hervor. »Hier bin ich, Papi«, rief sie, stürmte auf Friedrich zu und umarmte ihn. Wie eine Ertrinkende hielt sie sich an ihm fest, als er versuchte, sie von sich zu lösen.

»Du solltest doch auf deinem Zimmer bleiben«, schalt er.

»Aber mein Bruder … er muss mich sehen, wenn er auf die Welt kommt.«

»Du weißt doch gar nicht, ob es ein Bruder wird.«

Susie machte einen Schmollmund. »Das weiß ich wohl.«

Die aus dem Wohnzimmer dringenden Schreie klangen nun immer gepresster, aber auch wütend-entschlossen.

»Das Köpfchen ist gleich da!«, rief die Hebamme.

Ruth fasste Susie von hinten unter die Achseln und hob sie hoch. Die Hände des Mädchens glitten von ihrem Vater ab. Susie warf Ruth über die Schulter hinweg einen empörten Blick zu.

»Dein Vati muss jetzt zu deiner Mama gehen«, erklärte Ruth, das Mädchen vor sich haltend. Aufmunternd nickte sie Friedrich zu. »Wir halten hier die Stellung und passen auf Susie auf.«

Friedrich stand auf, wischte die schweißigen Hände an der Hose trocken und nickte gefasst.

»Viel Glück«, sagte Hagen und ahmte seine Vorgesetzte nach, indem er aufmunternd nickte.

»Jetzt!«, rief Dünya mahnend.

Friedrich stolperte los und eilte ins Wohnzimmer. Mit Susie auf dem Arm ging Ruth zur Küchentür und drückte sie mit der Hüfte ins Schloss. »Jetzt dauert es bestimmt nicht mehr lange«, sprach sie auf die Kleine ein und setzte sie auf einen Stuhl.

Susie nickte ernst. »Ganz schön anstrengend für Mami.«

Ruth lächelte. »Die Belohnung ist dafür umso größer.«

*

»Woher wussten Sie, dass keine Gefahr im Verzug war?«, wollte Hagen von seiner Vorgesetzten wissen. Friedrich hatte die Tür zum Wohnzimmer hinter sich geschlossen, als er zu seiner Frau gegangen war, sodass die Geburtswehenschreie jetzt nur noch gedämpft in die Küche drangen. Dünya feuerte die Frau mit aufmunternden Zurufen an, und manchmal war auch Friedrichs Stimme zu hören.

»Erstens habe ich selbst ein Kind zur Welt gebracht und weiß aus eigener Erfahrung, wie sich die Schreie einer Gebärenden anhören«, begann Ruth.

»Hundertprozentig sicher können Sie sich deswegen aber trotzdem nicht gewesen sein«, unterbrach Hagen sie. »Was, wenn diese Frau schrecklich gequält …«

»Zweitens parkt draußen auf der Straße ein kleiner Kastenwagen mit einem aufgemalten Storch darauf, der ein in ein Bündel gewickeltes Baby im Schnabel trägt«, vervollständigte Ruth die Aufzählung ungerührt. »Den haben Sie wahrscheinlich übersehen. Das Kennzeichen verriet darüber hinaus, dass das Fahrzeug in Leer zugelassen wurde. Diese Indizien sprachen meines Erachtens dafür, dass in diesem Haus kein Verbrechen verübt wurde, sondern ein äußerst natürlicher Vorgang vonstattenging.«

Hagen verzog säuerlich das Gesicht, wobei nicht ersichtlich war, ob er es wegen Ruths leicht spöttischer Art tat oder weil er sich über sich selbst ärgerte, da er die falschen Rückschlüsse gezogen hatte.

Susie sah die Erwachsenen aufmerksam an. Sie knabberte emsig an einem Keks, den Ruth aus einer Dose neben der Kaffeemaschine genommen und ihr gegeben hatte. »Papi ist auch ganz wuschig«, sagte sie und sah Hagen dabei mitfühlend an.

»Wuschig?«, hakte er nach und lächelte frostig.

Susie nickte eifrig. »Mami sagt, er ist wuschig. Wegen dem Baby in ihrem Bauch.« Sie kicherte und hielt die Hand mit dem angegessenen Keks darin verschämt vor den Mund. »Darum fährt Papi ganz viel Fahrrad. Sogar auch nachts.«

»So?«, tat Hagen interessiert und anscheinend froh darüber, dass das Gespräch von seiner Unzulänglichkeit weggelenkt wurde. »Dein Papi fährt also gerne Fahrrad.«

Susie bis von dem Keks ab und nickte. »Gestern Nacht auch. Ich konnte nicht schlafen, und weil ich wegen Mamis dickem Bauch nicht zu ihr ins Bett darf, habe ich aus dem Fenster gesehen. Da ist er gerade losgefahren, obwohl es furchtbar dunkel war und die Straßenlaternen schon aus.«

Hagen sah befremdet zu Ruth hinüber. Aber sie schüttelte kaum merklich den Kopf, um ihm zu bedeuten, dass er dem Kind keine weiteren Fragen stellen sollte.

Ruth reckte den Hals und horchte. Es war plötzlich ganz still im Haus, aber schon im nächsten Moment wurde die Stille von dem Schrei eines Babys zerrissen.

Susie ließ den Keks fallen und rutschte vom Stuhl herunter. Hagen wollte sie festhalten, aber das Mädchen entschlüpfte ihm, stürzte auf die Tür zu, riss sie auf und rannte auf den Flur, dem Geschrei des Babys entgegen.

Hagen wollte hinter ihr her, aber Ruth hielt ihn zurück. »Lass sie. Wir sind keine Babysitter.«

In diesem Moment schrillte die Türglocke. Ruth verließ die Küche und ging zur Haustür. Auf dem Weg dorthin warf sie einen flüchtigen Blick über die Schulter. Die Wohnzimmertür stand einen Spalt offen und das Baby hatte aufgehört zu schreien. Die Laute, die nun auf den Flur drangen, wurden eindeutig von glücklichen, entzückten Menschen hervorgerufen. Es schien also alles in Ordnung zu sein.

Ruth öffnete die Tür. Vor ihr stand eine Frau mittleren Alters und von wuchtiger Statur. Sie drückte eine große Umhängetasche aus Leder an ihre Seite und wischte sich gestresst eine Strähne ihres dunkelblonden Haars aus der Stirn. »Moin. Maud Bühler«, stellte sie sich vor und streckte Ruth die Hand hin. »Die zweite Hebamme.«

Im selben Moment gab das Baby einen kurzen, energischen Laut von sich. Die Dunkelblonde presste gestresst die Lippen aufeinander. »Ich bin zu spät«, stellte sie zerknirscht fest. Sie ergriff Ruths Hand und schüttelte sie energisch. »Trotzdem, herzlichen Glückwunsch, Sie sind jetzt Oma.«

»Das will ich nicht hoffen«, sagte Ruth nüchtern und zog ihre Hand zurück. »In diesem Fall hätte meine Tochter mir nämlich verschwiegen, dass sie schwanger ist.«

Die Hebamme sah sie verständnislos an. Ruth winkte ab und trat zur Seite, um die Frau passieren zu lassen. »Ich gehöre nicht zur Familie«, erklärte sie. »Polizei.« Plötzlich bemerkte sie aus den Augenwinkeln eine Bewegung im Garten des Hauses. Schnell schob sie sich an der eintretenden Hebamme vorbei nach draußen und sah gerade noch, wie sich eine Gestalt durch eine Lücke in der Buchenhecke quetschte, die den Garten der Hellmanns vom Nachbargrundstück trennte. Weil ihr das irgendwie verdächtig vorkam, lief sie die Auffahrt hinunter und auf die Straße, in der Hoffnung, die Person dort abzufangen.

Sie wartete einen Moment, aber weil niemand das Nachbargrundstück Richtung Straße verließ, ging sie bis zur Hecke, die die Grenze der beiden Baugründe markierte. Dort ließ sie den Blick aufmerksam schweifen.

Das Nachbarhaus machte einen verlassenen Eindruck. Es war weit und breit keine Menschenseele zu sehen. Wer immer sich durch die Hecke davongemacht hatte, war entweder im Haus verschwunden oder hatte das Grundstück an einer anderen Stelle verlassen.

Ruth blieb noch ein paar Sekunden lang stehen, doch es tat sich nichts. Schließlich wandte sie sich ab und kehrte ins Haus der Hellmanns zurück.

*

Die Hauptkommissarin machte sich auf den Weg in die Küche und überlegte dabei, ob sie sich mit Hagen nicht besser zurückziehen und den Besuch auf später verschieben sollte. Die Tür zum Wohnzimmer war inzwischen jedenfalls geschlossen worden, was Ruth als Zeichen dafür deutete, dass die junge Familie ihre Ruhe haben wollte. Das war in Anbetracht der Lage auch nur zu verständlich.

Als sie die Küche betrat, stellte sie überrascht fest, dass sich außer ihrem jungen Kollegen auch Dünya Hennigs darin aufhielt. Die Hebamme wandte sich ihr sogleich zu und schüttelte ihr die Hand, ein offenherziges Lächeln auf den Lippen.

»Ich wollte nur mal kurz unseren Retter kennenlernen«, sagte sie vergnügt und zeichnete bei dem Wort »Retter« mit den Fingern Gänsefüßchen in die Luft. »Wenn die Mutter und ich tatsächlich in Gefahr gewesen wären, hätten wir wohl nichts zu befürchten gehabt.« Sie sah Hagen lächelnd an. »Kommissar Reese hätte den Schurken sofort unschädlich gemacht oder zumindest doch in die Flucht geschlagen.«

Ruth musste unwillkürlich an die Gestalt im Garten denken. Sie ärgerte sich, weil sie von der Person kein genaues Bild vor Augen hatte. Wahrscheinlich hatte sie Jeans und eine dunkle Jacke getragen, mehr hatte sie von ihrer ungünstigen Position aus nicht erkennen können. Diese oberflächliche Beschreibung reichte nicht aus, um damit irgendetwas anzufangen.

»Ich habe nur meinen Job gemacht«, sagte Hagen in diesem Moment. Die Erinnerung an seinen Auftritt mit der Waffe schien ihm fast schon körperliche Schmerzen zu bereiten, besonders weil diese schlanke, attraktive Hebamme sie heraufbeschworen hatte.

»Ich fand, Sie haben eine tolle Figur gemacht, wie Sie da so mit gezogener Waffe ins Wohnzimmer gestürmt sind«, sagte Dünya, wobei ihre Stimme, deren Tonlage zuvor keinen Zweifel daran hatte aufkommen lassen, dass ihre Worte scherzhaft gemeint waren, plötzlich um eine Spur getragener klang. Offenbar meinte sie es ernst mit dem, was sie sagte.

Hagen, dem diese feine Nuance offenbar auch aufgefallen war, gab sich daraufhin ein bisschen selbstversöhnlicher. »Zum Glück hat Frau Hellmann von meinem Auftritt nicht wirklich etwas mitbekommen.«

Dünya wiegte abwägend den Kopf hin und her. »Schwangere nehmen ihre Umgebung während der Entbindung oft auf eine ganz spezielle Art wahr. Frau Hellmann hat alles genau mitbekommen, aber wohl auch erkannt, dass Sie kein Bösewicht, sondern einer von den Guten sind.« Sie lächelte erneut. »Wenn auch ein etwas hitzköpfiger, übereifriger Guter. Sie hat sich durch Sie aber nicht bedroht gefühlt, andernfalls hätte sie entsprechend reagiert. Und dann hätten wir wahrscheinlich wirklich ein Problem gehabt.«

Hagen atmete erleichtert durch. »Dann ist ja alles nochmal gutgegangen.«

Dünya massierte sich die Schläfen. »Ich muss jetzt zurück zur Familie«, sagte sie ein wenig übermüdet. »Meine Kollegin hat jetzt zwar übernommen, aber es gibt noch eine Menge zu tun.«

Als wäre nichts weiter dabei, gab sie den beiden Ermittlern mit einem Wink zu verstehen, ihr zu folgen.

»Wir sollen mitkommen?«, erkundigte sich Ruth vorsichtshalber, während Dünya die Küche verließ.

Die Hebamme nickte im Davongehen. »Anette möchte unbedingt wissen, was das für Leute sind, die in ihr Haus gestürmt sind. Es ist ihr eigener Wunsch, also ist es okay.«

*

Anette Hellmann lag, in einen pinkfarbenen Morgenmantel gekleidet und in eine Wolldecke gehüllt, lang ausgestreckt auf dem Sofa. Sie hielt das in ein Moltontuch gewickelte Neugeborene in den Armen und sah den Eintretenden glücklich und erschöpft lächelnd entgegen. Susie saß zu Füßen ihrer Mutter und beugte sich über sie, um das Baby zu streicheln. Friedrich hockte neben seiner Frau auf dem Boden, den Arm um ihre Schultern gelegt.

Hagen, dem die Situation nicht recht behagte, blieb einen Schritt hinter Ruth zurück. Er nickte unverbindlich in die Runde, während seine Partnerin zu der glücklichen Geburt gratulierte und den Anwesenden dann zuerst ihren Begleiter und anschließend sich selbst vorstellte.

Ruth sah sich beim Sprechen aufmerksam um. Die beiden Hebammen hantierten an dem Becken für die Wassergeburt herum. Vermutlich bereiteten sie das aufblasbare Bassin für den Abbau vor. Hinter den beiden Frauen erstreckte sich eine Fensterfront, die auf den rückwärtigen Garten hinauswies. Die Vorhänge waren zur Seite geschoben, das war Ruth schon beim ersten Mal aufgefallen. In dem Garten gab es etliche lila blühende Rhododendronbüsche. Jemand, der das Geschehen im Wohnzimmer beobachten wollte, hätte sich dort gut verbergen können. Sie fragte sich, ob die Person, die durch die Buchenhecke geflüchtet war, genau dies getan hatte.

48

»Es tut mir leid, wenn ich Sie erschreckt haben sollte«, sagte Hagen in diesem Moment an die Mutter gewandt. »Das lag ganz bestimmt nicht in meiner Absicht.«

Die Angesprochene wiegte das Baby in den Armen. »Schon gut«, meinte sie großmütig. »Aber erzählen Sie mir jetzt auch, was Sie hier verloren haben?«

»Wir … wollten eigentlich mit Ihrem Mann sprechen«, antwortete Ruth. »Aber wir wussten ja nicht …« Sie deutete auf das Neugeborene.

Anette sah ihren Mann verwundert an. »Was will die Kriminalpolizei denn von dir?«

Friedrich zuckte mit den Schultern. »Das haben sie mir bisher nicht verraten.«

»Wir können gerne auch etwas später noch einmal vorbeischauen«, schlug Ruth vor.

Anette schüttelte vehement den Kopf. »Ich will *jetzt* wissen, was los ist.«

Ruth wandte sich an Friedrich. »Wir sollten das besser in der Küche besprechen.«

Friedrich machte Anstalten aufzustehen, aber Anette packte seine Schulter und drückte ihn auf den Boden nieder. Das Baby protestierte quengelnd, verstummte aber sogleich, als Susie betulich sein Köpfchen streichelte.

»Ich habe ein Schwesterchen bekommen«, sagte sie und sah die beiden Polizisten dabei der Reihe nach an. »Ich bin aber trotzdem glücklich.«

»Gegen eine Schwester gibt es ja auch nichts einzuwenden«, ging Hagen auf das Mädchen ein. »Ich habe selbst eine und bin sehr froh, dass es sie gibt.«

»Ihrem Mann wird nichts vorgeworfen, Frau Hellmann«, stellte Ruth klar. »Wir haben ihm lediglich etwas … Bedauerliches mitzuteilen.«

Ein finsterer Ausdruck machte sich auf Friedrichs Gesicht breit. »Geht es etwa um Christian, meinen Bruder?«

Ruth deutete auf die Wohnzimmertür. »Bitte«, sagte sie.

»Was hat er denn jetzt schon wieder angestellt!«, wetterte Friedrich. Diesmal hielt Anette ihn nicht zurück, als er aufstand.

»Was ist denn mit Onkel Christian?«, erkundigte sich Susie besorgt.

»Ich weiß es nicht, Schatz«, sagte ihre Mutter und streichelte ihr den Rücken. »Papi wird es uns nachher sicherlich erzählen.«

Ruth spürte plötzlich einen Knoten in ihrem Hals. Diese Szene erinnerte sie einmal mehr daran, dass es in ihrem Beruf Dinge gab, die sie nicht sehr mochte. Angehörigen Todesnachrichten zu überbringen, gehörte eindeutig dazu.

*

Einen Arm seitlich auf den Küchentisch gelegt und die Beine von sich gestreckt, saß Friedrich auf einem Stuhl und starrte niedergeschlagen vor sich hin. Reglos hatte er den Worten der Hauptkommissarin gelauscht und dabei ausgesehen, als würden seine Gedanken und sein Geist stetig immer weiter wegdriften. Als Ruth ihm mitteilte, dass er den Leichnam seines Bruders im Laufe des Tages identifizieren musste, nickte er nur wie abwesend.

»Ermordet, sagten Sie?«, hakte er schließlich nach und sah zu den beiden Ermittlern auf. »Wie ist sowas denn möglich?«

»Bisher wissen wir so gut wie nichts über den Tathergang«, sagte Ruth. »Wir vermuten, dass es auf dem Fischkutter Ihres Bruders passierte. Die *Greete 3* treibt wahrscheinlich noch draußen auf dem Meer. Die Wasserschutzpolizei sucht das Boot zurzeit.«

»Er war also wieder draußen«, stellte Friedrich leicht verärgert fest.

»Warum sollte er nicht?«, erkundigte sich Hagen. »Er ist Fischer, Ihr Bruder, oder nicht?«

Friedrich nickte und starrte dann wie benommen vor sich hin. »Ja ist er«, sagte er einsilbig.

»Hatte Ihr Bruder in letzter Zeit Streit mit irgendwelchen Leuten?«, wollte Ruth wissen.

»Keine Ahnung«, erwiderte Friedrich.

»Hat er eine Freundin?«

Friedrich lachte freudlos auf. »Das würde mich wundern. Bisher hat es jedenfalls keine länger bei ihm ausgehalten.«

»Wie sieht es mit seinem Freundes- und Bekanntenkreis aus? Gab es da mal Reibereien?«

Friedrich sah die beiden Ermittler ungehalten an. »Hören Sie. Christian macht schon seit Jahren sein eigenes Ding. Wir haben kaum noch miteinander zu tun gehabt. Sie fragen den Falschen, wenn Sie etwas über sein Privatleben herausfinden wollen.«

»Warum?«, wollte Hagen wissen.

Friedrich senkte den Blick. »Wir haben uns auseinandergelebt«, sagte er verschlossen. »Sowas kommt unter Geschwistern halt vor.«

Hagen verschränkte die Arme vor der Brust. »Ihre Tochter scheint für ihren Onkel aber dennoch etwas übrig zu haben.«

»Sie ist ein Kind«, gab Friedrich leicht ungehalten zurück. »Susie mag jeden. Sogar Menschen, die mit gezückter Dienstwaffe in mein Haus stürmen!«

Hagen öffnete die Arme und starrte den Mann gereizt an.

»Wann haben Sie Ihren Bruder denn zuletzt gesehen?«, fragte Ruth.

Friedrich zuckte mit den Schultern. »Weiß nicht. Ist schon eine Zeit her, schätze ich. Vor ein paar Tagen hat er aber Fisch vorbeigebracht. Für meine Frau, zum Kochen. Das macht er manchmal. Aber meistens passt er dafür einen Moment ab, wenn ich nicht zu Hause bin. So war es auch letztes Mal.«

Die beiden Polizisten wechselten einen Blick. »Was machen Sie denn so, wenn Sie nicht zu Hause sind?«, erkundigte sich Hagen.

Erneut sah Friedrich zu ihm auf. »Ich bin Hausmeister, halte mehrere Ferienwohnungen und Pensionen in Schuss.«

»Da müssen Sie bestimmt auch mal außerplanmäßig los, wenn irgendwo Not am Mann ist«, mutmaßte Hagen. »Zum Beispiel bei einem nächtlichen Wasserrohrbruch oder so.«

Friedrich nickte verstimmt. »Klar, das kommt vor.«

»Und wo waren Sie vergangene Nacht?«, fragte Ruth möglichst unverfänglich.

»Was soll das?«, brauste Friedrich auf und zog die Beine unter den Stuhl. »Verdächtigen Sie mich etwa, etwas mit dem Tod meines Bruders zu tun zu haben?«

»Sollten wir das denn?«, fragte Ruth gelassen zurück.

»Natürlich nicht!« Jetzt war es Friedrich, der die Arme vor der Brust verschränkte. Verschlossen starrte er vor sich hin.

»Also«, sagte Ruth. »Wo waren Sie gestern Nacht?«

»Na, wo wohl? Hier natürlich, bei meiner Frau. Die Geburtswehen hätten jeden Moment einsetzen können. Da hätte mich auch ein Wasserrohrbruch nicht beeindruckt. Das hätte dann meine Vertretung erledigt.«

»Und Ihre Frau kann bezeugen, dass Sie zu besagter Zeit tatsächlich zu Hause waren?«, fuhr Ruth mit dem Frageprotokoll fort.

»Ja, selbstverständlich. Fragen Sie sie doch.«

»Das werden wir.« Ruth setzte eine freundliche Miene auf. »Wir tun hier nur unsere Arbeit, Herr Hellmann. Solche Fragen müssen wir stellen, um ein klares Bild vom Umfeld des Opfers zu bekommen. Das wird uns letztendlich helfen, den Täter zu fassen.«

Friedrich winkte ab. »Ja, schon gut. Ich tue mein Bestmögliches, um Ihnen zu helfen.«

Ruth griff in die Tasche ihres Jacketts und holte die Visitenkarte hervor, die ihr ehemaliger Chef in Hamburg ihr gegeben hatte, damit sie den Weg zu ihrer neuen Arbeitsstätte fand. Darauf war die Adresse nebst Telefonnummer der neuen Polizeistation in Greetsiel vermerkt. »Melden Sie sich bei uns, wenn Ihnen noch etwas Sachdienliches einfällt«, bat sie den Mann und legte die Visitenkarte vor ihm auf den Tisch.

Friedrich schnappte sich die Karte und stand auf. »Und nun?«, fragte er.

»Nun werden wir gehen«, erwiderte Ruth.

»Aber … wir wollten doch noch seine Frau befragen«, warf Hagen ein.

Ruth schüttelte den Kopf. »Das kann warten. Wir werden uns zu einem späteren Zeitpunkt noch einmal mit Ihrer Frau in Verbindung setzen, Herr Hellmann. Jetzt werden wir Sie aber erst einmal in Ruhe lassen.«

Sie verließen die Küche. Friedrich geleitete die Ermittler schweigend zur Haustür. Nachdem sie ins Freie getreten waren, drehte sich Ruth noch einmal zu Friedrich um. »Wie ist eigentlich Ihr Verhältnis zu Ihrem Nachbarn?«, wollte sie wissen und deutete zum Haus hinter der Buchenhecke hinüber.

Friedrich furchte die Stirn, als fragte er sich, was diese Frage zu bedeuten hatte. »Das Haus wird für gewöhnlich an Gäste vermietet«, sagte er. »Zurzeit steht es aber leer.«

»Ach – tatsächlich?«

»Warum fragen Sie?«

»Ich suche noch eine Unterkunft – aber nur für kurze Zeit, bis ich etwas Endgültiges gefunden habe.«

»Dafür kommt dieses Haus nicht infrage«, erklärte Friedrich hastig. »Es soll saniert werden und wird daher nicht vermietet.«

»Schade.« Ruth lächelte unverbindlich. »Ist das eines der Häuser, die Sie als Hausmeister betreuen?«

Friedrich blinzelte indigniert. »Ja. Ich werde die Sanierungsarbeiten sogar leiten.« Er musterte die Ermittlerin misstrauisch. »Warum fragen Sie das alles?«

Ruth winkte ab. »Nur so.« Sie wandte sich zum Gehen. »Richten Sie Ihrer Frau und Ihrer Tochter aus, dass es mir leidtut, dass ich Ihnen ausgerechnet jetzt diese traurige Nachricht habe überbringen müssen.«

*

Hagen stützte die Handgelenke lässig oben aufs Lenkrad und sah seine ältere Kollegin mit ernster Miene an. »Friedrich Hellmann lügt ganz offensichtlich«, sagte er. »Seine Tochter sagte, er sei in der vergangenen Nacht unterwegs gewesen. Er aber behauptet, er wäre zu Hause bei seiner schwangeren Frau geblieben.«

»Fahren Sie los«, forderte Ruth ihn auf. »Wir kehren in die Polizeistation zurück.«

»Und aus welchem Grund wollten Sie Frau Hellmann zu dieser Sache keine Fragen stellen?«, wollte Hagen wissen und startete den Wagen.

Ruth seufzte. »Dass der Zeitpunkt für eine Befragung von Frau Hellmann momentan denkbar ungünstig ist, werden Sie ja wohl selbst erkannt haben, nicht wahr? Wenn ich die Mutter im Beisein ihrer Tochter gefragt hätte, ob sie bestätigen könne, dass ihr Mann, wie er behauptet, die ganze Nacht über zu Hause gewesen war, hätte ich Susie in arge Schwierigkeiten gebracht. In ihren Augen hätte ihr Vater vor der Polizei nämlich als Lügner dagestanden, da sie ja gesehen hatte, wie er mit dem Fahrrad im Dunkeln davonfuhr. Vielleicht können Sie sich vorstellen, was dann in ihr vorgegangen wäre. Das wollte ich ihr unbedingt ersparen.«

»Verstehe«, sagte Hagen und fuhr los. »Der Zeitpunkt war wirklich extrem ungünstig. Sie haben recht.«

»Es wird sich uns schon noch eine Gelegenheit bieten, mit Frau Hellmann in Ruhe zu sprechen.« Ruths Miene verfinsterte sich. »Wir hätten Susie ohne Beisein ihrer Eltern überhaupt nicht befragen dürfen. Sie ist erst sechs Jahre alt, und was sie so vor sich hinplappert, ist ermittlungstechnisch anders zu bewerten als die Aussage eines Erwachsenen.«

»Das ist mir durchaus bewusst«, gab Hagen mürrisch von sich. »Dennoch dürfen wir ihre Worte nicht außer Acht lassen.«

»Das tun wir auch nicht«, versicherte Ruth und deutete beim Vorbeifahren wie beiläufig auf das Auto der Hebamme, das Hagen übersehen hatte.

Er nickte grimmig und bog in den Pilsumer Weg ein. »Wäre es denn überhaupt denkbar, dass Friedrich vergangene Nacht auf dem Kutter seines Bruders gewesen ist?«, stellte er dann laut eine Überlegung an.

»Das werden wir herausfinden.«

Hagen verzog das Gesicht. »Bis jetzt haben wir noch keinen konkreten Hinweis, wer der Mörder sein könnte.«

»Was erwarten Sie denn? Wir haben doch eben erst mit unseren Ermittlungen angefangen.«

Hagen nickte ungeduldig. »Wir wissen ja auch noch viel zu wenig über den Toten«, räumte er ein. »Es wäre sicherlich sinnvoll, sich mal in seiner Wohnung umzusehen.«

»Das werden wir.« Ruth rieb sich den Bauch. Ihr Magen gab schon seit einiger Zeit Signale von sich, dass er unbedingt gefüllt werden wollte. »Ich würde vorher nur gerne etwas zu mir nehmen.«

»Alice hat für uns sicherlich noch ein Stück von der Friesentorte übrig gelassen.«

Ruth lächelte frostig. »Nichts gegen die Backkunst von Frau Lindau, aber mir steht der Sinn momentan mehr nach etwas Herzhafterem. In Greetsiel gibt es sicherlich etliche Restaurants. Vielleicht können Sie eines empfehlen.«

Ruths Handy klingelte, worauf Hagen, der gerade auf die Frage seiner Partnerin hatte antworten wollen, den Mund zuklappte. Als Ruth auf das Display sah, stellte sie fest, dass der Anruf aus der Polizeistation kam.

Alice meldete sich am anderen Ende der Verbindung. »Ich habe in Greetsiel eine Unterkunft für Sie aufgetrieben, Frau Fasan«, informierte sie ihre Vorgesetzte. »Es war nicht ganz einfach, noch etwas Freies zu finden. Aber in der Pension Herta gab es noch ein kleines Zimmer. Ist bestimmt nichts Besonderes, aber …«

»Ich fürchte, ich kann es mir nicht leisten, wählerisch zu sein«, unterbrach Ruth sie. »Nennen Sie mir die Adresse. Ich werde dort schnellstmöglich auflaufen.«

»Ich sage Herta Bescheid, dass Sie kommen«, erwiderte Alice und gab die Adresse durch.

Ruth lächelte unterkühlt. »Vielen Dank für Ihre Mühe.«

»Gern geschehen«, gab Alice freundlich zurück. »Hier war sonst nicht viel los«, fuhr sie im Plauderton fort. »Das Telefon hat nur einmal geklingelt. Es ging um eine Beschwerde. Ein Gast aus Braunschweig behauptet, dass ihm in einem Restaurant ein falscher Fisch vorgesetzt wurde.«

»Wie bitte?«

»Es kommt vor, dass in einem Restaurant unter betrügerischen Absichten ein falscher Fisch serviert wird«, erklärte Alice. »Allerdings kann ich mir nicht vorstellen, dass Derartiges auch in Greetsiel passiert. Die Leute hier sind viel zu ehrlich und bodenständig und würden sich unwohl fühlen, wenn sie ihrem Gast …«

»Was haben Sie unternommen?«, erkundigte sich Ruth.

»Der Mann behauptete, dass ihm statt Seezunge eine viel billigere Sorte vorgesetzt wurde, nämlich Pangasius, ein Süßwasserfisch. Das Problem ist nur, dass er den Fisch fast aufgegessen hatte, als er der Kellnerin seinen Verdacht mitteilte. Falls es überhaupt möglich gewesen wäre, den Sachverhalt per Inaugenscheinnahme des inkriminierten Fisches zu klären, war dies jetzt natürlich nicht mehr möglich. Ich habe dem Anrufer geraten, die Reste in einem Labor auf ihre DNS untersuchen zu lassen, um so zu klären, ob er tatsächlich betrogen wurde. Er forderte, dass die Polizei das übernimmt. Daraufhin habe ich ihn darüber aufgeklärt, dass Derartiges nicht in unseren Zuständigkeitsbereich fällt und daher seine Privatinitiative gefragt wäre.«

Ruth musste schmunzeln. Alice besaß einen trockenen, unaufgeregten Humor, der ihr sehr gefiel. »Lassen Sie mich raten: Der Gast hat es daraufhin vorgezogen, seinen Teller leer zu essen und die Sache auf sich beruhen zu lassen?«

»So in etwa. Jedenfalls hatte er sich am Ende des Telefonats endlich beruhigt. Er hat sich bei mir sogar für seine aufbrausende Art entschuldigt und sich für meine freundliche, unvoreingenommene Art bedankt. Die hätte seinen Worten nach dazu beigetragen, ihn daran zu erinnern, dass er nach Greetsiel gekommen war, um sich zu erholen und zu entspannen. Im Übrigen hatte ihm der Fisch trotz allem nämlich hervorragend geschmeckt.«

Ruth atmete tief durch. »Wissen Sie was? Solche Sachen schwebten mir in etwa vor, als ich mir vorzustellen versuchte, was mich hier in Ostfriesland an Polizeiarbeit erwarten würde. Es erleichtert mich sehr, dass ich mit meiner Annahme nicht völlig danebenlag.«

»Verstehe. Es hat Sie wohl umgehauen, dass Sie bei Ihrer Ankunft gleich mit einem Mordfall konfrontiert wurden. Wie kommen Sie mit Ihren Ermittlungen denn voran, Frau Fasan?«

»Das wird Hagen Ihnen berichten. Ich sehe das Polizeigebäude bereits. Wir sind jeden Moment da.«

»Dann sehen wir uns ja gleich.«

»Nein. Ich werde mich sofort auf den Weg in die Pension machen. Ich brauche dringend eine kleine Auszeit, muss mich frisch machen und etwas essen.«

»Das ist auch längst überfällig«, äußerte sich Alice verständnisvoll. »Es wird Ihnen in Greetsiel sicherlich gefallen, wenn Sie diesen Ort erst einmal richtig kennengelernt haben. Obwohl manche Gäste daran etwas zu mäkeln haben, soll der Fisch hier sehr gut sein«, scherzte sie, verabschiedete sich und unterbrach die Verbindung.

»Eine nette Person«, murmelte Ruth wie zu sich selbst und verstaute das Handy in der Jacketttasche.

Hagen fuhr mit dem BMW auf den Parkplatz des Polizeigebäudes, schwenkte auf einen Stellplatz ein und bremste sportlich.

»Während Sie sich ausruhen, könnte ich mich in der Wohnung von Christian Hellmann umsehen«, schlug er vor, nachdem er den Motor ausgeschaltet hatte.

Ruth wiegte abwägend den Kopf hin und her. »Das sollten wir lieber zusammen tun«, wandte sie ein.

Hagen wirkte leicht verärgert. »Trauen Sie es mir etwa nicht zu, diese Aufgabe zufriedenstellend zu erledigen?«

»Vier Augen sehen mehr als zwei«, gab Ruth ausweichend zurück.

»Also ja«, stellte Hagen zerknirscht fest.

Sie wandte sich ihm zu. »Hören Sie mal, Hagen. Wir müssen nicht nur in diesem Fall vorankommen, sondern uns auch als Team erst einmal finden.« Sie deutete abwechselnd auf ihren Partner und dann auf sich selbst. »Wir kennen uns kaum. Gemeinsame berufliche Aktionen sind für uns daher wichtig, um herauszufinden, wo die Stärken und wo die Schwächen des Einzelnen zu suchen sind. Wir brauchen solche Kenntnisse. Unsere Arbeit wird dadurch effizienter werden. Das wird sich letztendlich auch positiv auf unsere Aufklärungsquote auswirken.«

Hagen machte ein finsteres Gesicht. »Ja, das klingt einleuchtend«, musste er einräumen. Er starrte durch die Windschutzscheibe ins Ungewisse. »Was soll ich Ihrer Meinung nach denn jetzt tun? Ich habe keine Lust, nur rumzusitzen und Däumchen zu drehen, während Sie Ihre wohlverdiente Pause …«

»Sie trauen Friedrich Hellmann doch nicht so recht über den Weg«, unterbrach Ruth den jungen Mann einmal mehr. »Stellen Sie Nachforschungen über ihn an. Finden Sie heraus, was ihn mit seinem Bruder entzweit hat, und nehmen Sie seinen kleinen Betrieb unter die Lupe. Insbesondere dieses Haus in seiner unmittelbaren Nachbarschaft, für dessen Sanierung er zuständig ist.«

Hagen furchte die Stirn. »Was ist denn mit diesem Haus?«, fragte er. »Sie hatten vorhin schon Interesse daran gezeigt. Warum?«

Ruth berichtete von der Gestalt, die durch die Buchenhecke Richtung Nachbargrundstück verschwunden war. »Entweder ist diese Person hinten um das Nachbargebäude herumgelaufen und hat die Flucht dann über das nachfolgende Grundstück fortgesetzt oder sie ist in das Haus gehuscht, um sich dort zu verbergen«, schloss sie.

Hagen wirkte plötzlich nachdenklich. »Was könnte diese Person auf dem Grundstück der Hellmanns verloren haben?«

»Vom rückwärtigen Garten aus kann man unbemerkt in das Wohnzimmer hineinsehen«, merkte Ruth an.

»Sie glauben, das war ein Voyeur?«

»Ich weiß es nicht. Aber angenommen, diese Person hat tatsächlich das Geschehen im Wohnzimmer beobachtet, wird sie einen gehörigen Schrecken bekommen haben, als Sie mit der Waffe ins Zimmer stürmten. Sie hat dann sicherlich auch mitbekommen, wie ich meinen Dienstausweis hochgehalten habe und dass wir von der Polizei sind. Vermutlich war diese Person vorher schon nervös gewesen. Nach unserem Erscheinen wird diese Nervosität sich dann aber in eine Heidenangst gesteigert haben, entdeckt zu werden. Also hat sie die nächstbeste Gelegenheit ergriffen, sich davonzumachen.«

Hagen nickte grübelnd. »Und zwar zu einem Zeitpunkt, da diese Gestalt sicher sein konnte, dass niemand zufällig in den Garten sah. Dieser Zeitpunkt war gekommen, als alle im Wohnzimmer Anwesenden sich auf das Neugeborene konzentrierten.« Er sah Ruth an und grinste. »Nur hat diese Person nicht damit gerechnet, dass die zweite

Hebamme zur selben Zeit an der Haustür klingeln und ausgerechnet eine aufmerksame Hauptkommissarin öffnen würde.«

»Das sind alles nur Spekulationen«, gab Ruth zu bedenken. »Die wir jedoch unbedingt überprüfen sollten.«

Hagens Miene hellte sich auf. »Ich werde mein Bestes geben und so viel wie möglich herausfinden.«

Ruth lächelte aufmunternd. »Sehen Sie, unsere Zusammenarbeit beginnt langsam Formen anzunehmen.«

Hagen lächelte andeutungsweise, als wäre er sich nicht ganz sicher, ob er mit diesem Arrangement zufrieden sein sollte. Dann öffnete er die Tür und stieg aus. Ruth schnappte sich ihre Handtasche vom Rücksitz und tat es ihm gleich. Doch anstatt die Polizeistation anzusteuern, wie Hagen es mit forschen Schritten tat, trat sie auf ihren Wagen zu. »Ich melde mich bei Ihnen!«, rief sie dem jungen Mann nach und stieg dann ein. Nachdem sie die Adresse der Pension in die Map ihres Handys eingegeben hatte, fuhr sie los.

Kapitel 5

Die Pension befand sich nur einen Steinwurf vom Greetsieler Hafen entfernt. Es handelte sich um ein schlichtes Backsteinhaus, das in den siebziger Jahren des zwanzigsten Jahrhunderts von dem Vater der jetzigen Besitzerin erbaut worden war und außer der Einlieger-wohnung im Erdgeschoss über vier komfortable Fremdenzimmer verfügte. Früher hatten in dem Gebäude mehrere Generationen der Familie unter einem Dach gelebt, aber heute wohnte Herta Bellkamp dort allein. Ihr Mann, der den Umbau in eine Pension vor fünfzehn Jahren veranlasst hatte, war vor zwei Jahren verstorben und die beiden Kinder des Ehepaares nach Berlin gezogen. Hertas Eltern starben bereits vor acht Jahren während eines tragischen Autounfalls auf der A 1.

Dies alles erfuhr Ruth innerhalb nur weniger Minuten, und das, obwohl sie gar nicht nachgefragt hatte. Aber sie ließ die fünfund-sechzigjährige Pensionsbesitzerin frei von der Leber erzählen, während sie von ihr durch das Haus geführt wurde. Herta, die darauf bestanden hatte, dass sie mit dem Vornamen angeredet wurde, trug ein mit roten Klatschmohnblüten verziertes weißes Kleid, das ihr bis über die Knie reichte und an den Hüften und Oberarmen ein wenig eng zu sein schien.

Folgsam stieg Ruth, die ihren Rolli umständlich hinter sich her schleifte, hinter der Frau die Stufen zum Dachgeschoss empor. Zuvor hatten sie den Flur im ersten Stockwerk durchquert, von dem die vier Fremdenzimmer abzweigten.

»Eigentlich vermiete ich das Zimmer da oben nicht an Fremde«, erläuterte Herta und deutete die schmale Stiege hinauf. »Es war für meine Söhne vorgesehen, falls sie mal längere Zeit zu Besuch kommen.« Sie winkte ab und lachte. »Aber die sind mit ihrem eigenen Leben viel zu sehr beschäftigt und haben den Kopf voll mit anderen Sachen. Für ihre alte Mutter bleibt da nur wenig Platz.«

Sie blieb stehen und drehte sich halb zu Ruth um. »Aber wem sage ich das? Sie kennen das ja bestimmt auch. Oder haben Sie keine Kinder?«

»Eine Tochter«, antwortete Ruth einsilbig. »Sie studiert. In Hamburg.«

Herta nickte gewichtig und setzte den Treppenaufstieg fort, der ihr einige Mühe zu bereiten schien. »Na also«, sagte sie zufrieden. »Da sind wir also sogar Leidensgenossinnen.«

»Kann man so sagen«, murmelte Ruth und dachte daran, dass Clarissa sich inzwischen ruhig mal bei ihrer Mutter hätte melden können, um sich zu erkundigen, wie es ihr in ihrer neuen Wahlheimat erging.

»Ich bin mit meinen Söhnen ständig in Kontakt«, fuhr Herta fort, während sie die Zimmertür mit einem Schlüssel aufsperrte. »Sie haben mir ein Handy geschenkt, mit dem wir uns regelmäßig schreiben und Fotos verschicken. So bin ich über ihr Leben trotzdem immer auf dem Laufenden, obwohl sie weit weg sind.«

Diese Worte versetzten Ruth einen leichten Stich ins Herz. Einen so regen Austausch wünschte sie sich mit ihrer Tochter ebenfalls, aber irgendwie klappte das nicht so recht.

Sie schob den Gedanken beiseite, als Herta die Tür aufstieß und in den dahinterliegenden Raum deutete. »Ist nix Dolles«, sagte sie nüchtern. »Aber Ihre Kollegin meinte, dass in Greetsiel sonst nix Freies zu finden ist. Da habe ich mich halt erbarmt.«

Ruth schob sich mit ihrem Koffer an der Frau vorbei. Das Zimmer war etwa zwanzig Quadratmeter groß und mit einem einfachen Bett, einem Schreibtisch nebst Stuhl und einem Bauernschrank ausgestattet. Die Dachschräge auf der Bettseite des Raumes ließ diesen kleiner erscheinen, als er in Wahrheit war. Auf der gegenüberliegenden Seite gab es eine zweite Tür. Sie stand offen, sodass Ruth einen Blick in das Badezimmer werfen konnte, das wegen der dortigen Dachschräge klaustrophobisch eng erschien.

»Sieht doch ganz passabel aus«, äußerte sie sich und stellte den Koffer vor den Schrank. »Für den Übergang wird es reichen.« Sie trat an das Fenster heran. Es war quadratisch und nicht sehr groß. Ruth musste sich leicht vornüberbeugen, um hindurchsehen zu können. Überrascht stellte sie fest, dass sich von hier aus der Deich und der Hafen gut überblicken ließen.

»Die Aussicht ist herrlich, nicht wahr?« Herta lachte verlegen. »Vielleicht das einzig Besondere an diesem Zimmer. Das Dachgeschoss ist nämlich ein wenig höher als der Deich. Von den anderen Räumen aus, die in diese Richtung weisen, sieht man nur die Deichflanke. Die verstellt meinen Gästen leider den Blick auf den Hafen. Aber der Damm is' ja nun mal notwendig.«

Ruth wandte sich der Frau zu. »Ich bin zufrieden«, versicherte sie, »und nehme Ihre Gastlichkeit gerne in Anspruch.«

»Oh, und ein Frühstück ist im Preis mit inbegriffen«, erklärte Herta. Sie lächelte gewinnend. »Ich bin froh, dass es in Greetsiel jetzt wieder eine Polizeistation gibt. Die alte ist ja leider vor zwei Jahren abgebrannt.«

»So?«, zeigte sich Ruth überrascht. »Davon wusste ich ja gar nichts.«

Herta nickte. »Das ist passiert, als Kommissar Wieler in Rente ging. Das Gebäude brannte komplett aus und musste abgerissen werden. Seitdem musste man die Polizei in Emden anrufen, wenn es mal Ärger gab.« Sie winkte ab. »Aber das kam nicht allzu oft vor. Hier geht's nämlich recht friedlich zu.« Hertas Miene verfinsterte sich ein wenig. »Naja, und jetzt hatten wir einen Toten im Watt. Ist schon verrückt.«

Ruth seufzte. »Das hat sich also schon rumgesprochen.«

»Klar, was dachten Sie denn? Sowas bleibt hier nicht lange geheim.«

Ruth legte die Hand auf ihren Bauch. »Wo kann man in der Nähe denn etwas zu essen bekommen?«, wechselte sie das Thema.

Herta sah auf die Uhr. »Die preisgünstigere Mittagstischzeit ist schon vorbei.« Lächelnd blickte sie zu Ruth auf. »Wissen Sie was? Ich hab noch updrögt Bohnen auf dem Herd. Das ist ein ostfriesisches Nationalgericht aus getrockneten Bohnen, Kartoffeln, Speck und Wurst. Es werden nur luftgetrocknete Hinrichs Riesen verwendet. Wenn Sie möchten …«

Ruth hob abwehrend die Hände. »Ich will Ihnen keine Umstände machen, Herta. Sie haben schon genug für mich getan, indem Sie mir dieses Zimmer zur Verfügung gestellt haben.«

»Papperlapapp!« Resolut winkte die Pensionsbesitzerin ab. »Ich koche das sowieso nicht nur für mich allein, sondern auch für einen meiner Gäste.« Sie lächelte mütterlich. »Da ist so 'n junger Bursche bei mir zu Gast, der wohl nicht so viel Geld hat. Den bekoche ich, damit er 'n bisschen was spart. Es ist genug da. Sie werden also auch satt werden.«

Ruth zögerte einen kurzen Moment lang. »In Ordnung«, willigte sie schließlich ein und lächelte andeutungsweise. »Updrögt Bohnen ist vielleicht genau das Richtige, wenn man Ostfriesentorte zum Frühstück hatte.«

»Kommen Sie in einer Viertelstunde runter in den Frühstücksraum«, forderte Herta sie auf. »Der Junge wird dann auch da sein. So müssen Sie nicht allein speisen.«

Ruth bedankte sich mit einem freundlichen Kopfnicken. Herta zog die Tür daraufhin hinter sich in Schloss. Kurz darauf verriet das Knarren der Stufen, dass sie die Treppe hinunterstieg.

Ruth wuchtete den Koffer aufs Bett, öffnete ihn und begann, ihre Sachen in den Bauernschrank zu räumen. »Updrögt Bohnen«, murmelte sie dabei und: »Hinrichs Riesen«. Sie hatte nicht einmal gewusst, dass man Bohnen auch trocknen konnte. Dies alles klang für sie sehr fremd und gewöhnungsbedürftig.

*

Der junge Mann, von dem Herta gesprochen hatte, saß bereits an einem der Tische, als Ruth den Frühstücksraum durch einen bogenförmigen Durchgang betrat. Dass es sich bei dem Raum einst um das Wohnzimmer einer großen Familie gehandelt hatte, war nicht zu übersehen. Eine wuchtige Schrankwand aus dunkler Eiche mit integriertem altem Röhrenfernseher verriet dies ebenso wie die Glasvitrinen, die Anrichte und die alten Sessel, die entlang der Wände standen. Die meisten Möbelstücke waren vollgestellt mit Familienfotos, kitschigem Zierrat und üppigen Zimmerpflanzen.

Mitten im Raum waren vier quadratische Tische aufgebaut, für jedes Fremdenzimmer einer. Auf einer dunklen Anrichte vor dem Fenster standen Frühstücksgedecke bereit. Ein Kühlschrank schloss sich an. Auf diesen Freiflächen würde am Morgen, wie Ruth vermutete, von Herta das Frühstücksbüffet aufgebaut werden.

Sie nahm an einem der unbesetzten Tische Platz. Dabei musterte sie den jungen Burschen beiläufig. Er konnte kaum älter als fünfundzwanzig sein, starrte auf sein Smartphone und hatte dabei die typische gekrümmte Körperhaltung eingenommen, die Ruth auch von ihrer Tochter kannte, wenn sie stundenlang mit ihrem Handy beschäftigt war. Ob er sie überhaupt wahrgenommen hatte, ließ der schmächtige Bursche durch nichts erkennen. Er hatte dunkelblondes Haar, trug Hosen mit Camouflage-Muster und Bundeswehrstiefel, die ziemlich schmutzig aussahen. Es zeugte nicht gerade von Umsicht und Rücksichtnahme, dass er diese besudelten Stiefel vor Betreten des Frühstücksraums nicht ausgezogen hatte.

Herta kam aus der angrenzenden Küche herein, zwei tiefe Teller mit dampfender Speise in den Händen. Zuerst stellte sie Ruth einen der bis zum Rand gefüllten Teller hin. Darin befand sich eine homogene helle Masse aus gestückeltem Gemüse, die mit Speckwürfeln angereichert war. Obenauf lag eine dicke Wurst.

»Eigentlich wird zu updrögt Bohnen Pinkel gereicht«, erklärte Herta, während sie mit dem zweiten Teller zu dem jungen Mann hinüberging. »Aber diese Kohlwurst gibt es nur zur Grünkohlsaison. Darum habe ich Mettwurst zugegeben.«

»Riecht sehr ansprechend«, äußerte sich Ruth höflich. Sie stand auf, um Besteck von der Anrichte zu holen.

»Getränke finden Sie im Kühlschrank«, rief Herta ihr nach, während sie dem jungen Mann den Teller vorsetzte. »Die Ostfriesen trinken Bier und einen Korn zu diesem Gericht.«

»Nein danke, ich bin im Dienst«, gab Ruth zurück. »Ich nehme ein Wasser.«

»Ne, junger Mann. So geht das aber nich!«, hörte sie Herta plötzlich schimpfen. »Diese Schietstiefel wirst du ja wohl sofort ausziehen. Du ruinierst mir den ganzen Teppich!«

Ruth konnte sich ein Grinsen nicht verkneifen, hütete sich aber, sich zu der Szene umzudrehen.

»Oh … ja … äh, tut mir leid«, stammelte der Angesprochene. »Da hab ich nicht dran gedacht.«

»Du solltest mal mehr auf dich als auf dein Handy achten.« Hertas Stimme klang schon wieder ein bisschen versöhnlicher. »Nun mach schon. Raus mit dir!«

Einer inneren Eingebung folgend nahm Ruth ein zweites Sortiment Besteck aus den Behältern, holte eine Flasche Wasser aus dem Kühlschrank und drehte sich um.

Der junge Mann stakste soeben steifbeinig auf den Ausgang zu, als befürchtete er, Dreck könnte von seinen Stiefeln bröckeln und auf den Teppich fallen. Herta kehrte derweil kopfschüttelnd in die Küche zurück. Auf dem Flur angekommen, ging der junge Mann in die Hocke und schnürte die Stiefel auf. Dabei fiel sein Blick auf Ruth, die sich seinem Tisch näherte.

Seine Stirn umwölkte sich.

Um ihm zu verstehen zu geben, was sie vorhatte, hielt sie das Besteck hoch, das sie für ihn mitgebracht hatte. Sie wollte das Essgerät rechts neben dem Teller platzieren, aber dort lag bereits das

Smartphone. Es ruhte mit dem Bildschirm nach unten auf der Tischplatte.

Ruth legte das Besteck auf der anderen Tellerseite ab und sah dabei zu dem Jungen hinüber. Der war in seiner Bewegung wie erstarrt und glotzte sie mit schreckgeweiteten Augen an.

Diese Reaktion machte Ruth stutzig, doch sie ließ sich nichts anmerken. Im Gesicht des Jungen spiegelte sich mehr als bloß die Sorge, sie könne das Smartphone versehentlich vom Tisch stoßen; es war nackte Angst, die ihr aus den Gesichtszügen entgegensprang.

»Lassen Sie es sich schmecken!«, rief sie ihm unverfänglich zu und kehrte an ihren Platz zurück.

Der Junge schüttelte die Stiefel von seinen Füßen und eilte auf Strümpfen zu seinem Tisch. Er schnappte sich sein Smartphone und verstaute es in einer der Aufnähtaschen seiner Hose. Einen Moment lang stand er wie benommen da. Dann ging er zum Kühlschrank, um sich ein Getränk zu holen.

Ruth widmete sich ihrem Teller und vermied es, zu dem jungen Mann hinüberzusehen. Nachdem sie sich den ersten Löffel voll updrögt Bohnen in den Mund geschoben hatte, stellte sie fest, dass sie gerade eine echte Delikatesse zu sich nahm.

Eine Weile aßen die beiden Gäste schweigend vor sich hin, während aus der Küche das Klappern von Geschirr drang.

»Sie – sind also von der Polizei?«, richtete der Junge plötzlich das Wort an Ruth.

Sie nickte kauernd. »Und Sie? Was treiben Sie so?«, stellte sie eine Gegenfrage.

»Ich mach hier Urlaub für ein paar Tage«, antwortete er ausweichend. »Mal abschalten von allem.«

»Nur nicht vom Handy, wie es aussieht«, merkte Ruth an.

Der junge Mann lachte gekünstelt. »Ja. Gar nicht so einfach. Aber ich arbeite dran.« Er schob den Teller von sich, den er bereits leergegessen hatte. »Gibt es schon Neuigkeiten wegen dem Toten im Watt?«, fragte er dann unverblümt. »Sie ermitteln doch in diesem Fall oder nicht?«

Ruth drehte sich zu ihm um. »In Greetsiel weiß inzwischen ja wohl jeder darüber Bescheid.«

Er deutete zur Küche hinüber. »Ich weiß es von Herta. Sie erzählt einem alles. Auch Sachen, die man gar nicht wissen will.«

»Über laufende Ermittlungen darf ich nicht sprechen«, erklärte Ruth und sah ihn dann fragend an. »Wie heißen Sie?«, wollte sie wissen. »Ich bin Hauptkommissarin Ruth Fasan.«

»Herr Rubens«, sagte er und stand auf. »Muss jetzt los«, informierte er sie einsilbig. »Tschüss dann.« Er winkte lax und eilte davon. Draußen auf dem Flur schnappte er sich im Vorbeigehen seine Stiefel und verschwand.

Ruth kratzte ihren Teller leer und stand dann auf. Anschließend sammelte sie das schmutzige Geschirr von beiden Tischen ein und ging in die Küche.

»Es hat hervorragend geschmeckt«, lobte sie Herta und stellte das Geschirr in die Spüle.

»Danke. Und was hat Max dazu gesagt?«

Erneut musste Ruth schmunzeln. Sie hatte nicht einmal eine Frage stellen müssen, um von Herta die gewünschte Auskunft zu erhalten, nämlich den Vornamen des jungen Mannes in Erfahrung zu bringen. »Max' Teller ist leer. Also scheint es ihm wohl ebenfalls gemundet zu haben.« Sie bedankte sich noch einmal für das leckere Essen und erklärte anschließend, dass sie sich in ihrem Zimmer ein wenig aufs Ohr hauen wollte.

Herta wünschte ihr eine geruhsame Zeit in Greetsiel, wie sie es wohl allen ihren Gästen wünschte. Ruth ahnte allerdings, dass ihr keine Ruhe vergönnt sein würde, bis sie den Mörder von Christian Hellmann dingfest gemacht hatte.

*

In ihrem Zimmer angekommen, streifte Ruth die Schuhe ab, zog das Jackett aus und öffnete die obersten Knöpfe ihrer Bluse. Als sie sich dem Bett zuwandte, um sich auf die Tagesdecke zu legen, bemerkte sie, dass draußen einiges los war. Es war wieder so ein Moment, in dem sie aus den Augenwinkeln Bewegungen wahrnahm, die ihr sonderbar, wenn nicht sogar verdächtig vorkamen. Ihr Unterbewusstsein war stets auf der Hut, eine Berufskrankheit, die es ihr nicht gerade leicht machte, sich zu entspannen, die ihr aber auch schon oft genützt hatte.

Sie ging zum Fenster und schaute hinaus, die Hand an den Fenstersturz gestützt.

Auf dem Fußweg hinter dem Deich strebten mehrere Menschen auf den Schiffsanleger zu. Ein ganzer Pulk kam von weiter links über die gepflasterte Deichkrone herbei. Die Personen gestikulierten und deuteten auf den Sielzufluss. Einige hielten ihre Handys hoch und fotografierten oder filmten.

Der Grund dieses kleinen Aufruhrs war ein Polizeiboot mit blauem Rumpf, schneeweißen Aufbauten und hoch aufragendem Antennenbaum. Das Küstenboot der Wasserschutzpolizei hatte einen dieser malerischen Fischkutter aus Holz im Schlepp. Die Ausleger für die Schleppnetze an Steuerbord und Backbord waren nur so weit hochgeklappt, dass sie wenige Meter über dem Wasser hingen. Möwen umschwärmten die Netze, stießen immer wieder auf sie hinab, denn offensichtlich gab es in den prall gefüllten Geflechten noch einiges zu holen.

Ruth ahnte, um welchen Fischkutter es sich handelte. Trotzdem nahm sie ihr kleines Fernglas zur Hand und hielt es sich vor die Augen.

»Greete 3«, las sie den Namenszug am Bug des Kutters murmelnd ab. »Sie haben Christian Hellmanns Boot also gefunden.«

An ihren Mittagsschlaf verschwendete Ruth nun keinen Gedanken mehr. Noch immer am Fenster stehend holte sie ihr Handy hervor, rief Hagens eingespeicherte Nummer auf und ließ sie anwählen.

Als sie sich das Gerät ans Ohr hielt, sah sie, wie Max Rubens vom Grundstück der Pension herkommend den Deich hinaufstiefelte. Oben angekommen hielt er sein Smartphone mit den Händen hoch und richtete es auf die beiden in den Hafen einlaufenden Boote. Anstatt den gepflasterten Weg zu nehmen, der mehrere Meter entfernt die Deichflanke hinabführte, latschte er den grasbewachsenen Hang hinab. Mit hoch über den Kopf erhobenen Händen filmte er unentwegt und zwängte sich dann durch die Menge der Schaulustigen, um zum Anleger zu gelangen.

In diesem Moment meldete sich Hagen am anderen Ende der Verbindung.

»Die Greete 3 wird soeben in den Hafen geschleppt«, informierte Ruth ihn übergangslos. »Kommen Sie sofort hierher.«

Hagen seufzte. »Ich wollte Sie gerade anrufen und Ihnen dasselbe mitteilen«, sagte er zerknirscht. »Sie gönnen mir auch wirklich keinen Spaß.«

Die Bemerkung machte Ruth stutzig. Ging sie etwa zu rüde mit ihrem jungen, noch unerfahrenen Kollegen um?

»Hier im Hafen ist einiges los«, erklärte sie. »Wahrscheinlich ist es erforderlich, den Anleger abzusperren.«

»Ich werde alles Erforderliche mitbringen«, antwortete Hagen. »Alice wird mich begleiten. Wir können ihre Unterstützung sicherlich gebrauchen.«

»Eine gute Idee«, fühlte Ruth sich aufgefordert, den jungen Mann zu loben.

»Wie haben Sie so schnell davon erfahren?«, erkundigte sich Hagen.

»Meine Pension ist direkt am Hafen gelegen«, erklärte Ruth. »Ich kann das Polizeiboot mit der *Greete 3* im Schlepp von meinem Zimmer aus sehen. Und nun machen Sie sich auf die Socken.«

»Wir fahren gerade los«, erklärte Hagen frostig, während im Hintergrund das Martinshorn von Alice' Streifenwagen aufheulte. Kurz darauf unterbrach er die Verbindung.

Ruth knöpfte ihre Bluse zu und warf sich das Jackett über. Als sie in ihre Schuhe schlüpfte, hatte sie einen Einfall. Sie überlegte, ob sie ihn sofort in die Tat umsetzen sollte. Ein rascher Blick aus dem Fenster verriet ihr, dass die Boote den Anleger noch nicht erreicht hatten. Ihr blieb also noch ein wenig Zeit.

Erneut holte sie ihr Handy hervor und wählte die Nummer von Jens Stadensen. Er nahm gleich nach dem ersten Klingeln ab. Kurz erklärte sie ihrem ehemaligen Kollegen aus der IT-Abteilung der Hamburger Kripo, was sie vorhatte. »Glaubst du, sowas wäre machbar?«, erkundigte sie sich abschließend.

»Klar, aber dafür wirst du eine richterliche Verfügung brauchen«, gab Jens zu bedenken.

»Die kann ich besorgen«, versicherte Ruth.

»Maile sie mir zu, sobald du sie hast. Anschließend übertrage ich dir die Daten.«

»In Ordnung!« Ruth legte auf und wählte die Nummer von Staatsanwalt Lindau. Ungeduldig schlug sie mit der Schuhspitze einen nervösen Takt auf den Holzfußboden, während sie darauf wartete, dass das Gespräch entgegengenommen wurde. Sie wollte schon auflegen, als es in der Leitung knackte und Lindau sich meldete.

Ruth kam gleich ohne Umschweife zur Sache. Der Staatsanwalt verstand jedoch nicht sogleich, was Ruth mit ihrem Vorhaben bezweckte, und als er es begriffen hatte, äußerte er Zweifel über die Verhältnismäßigkeit der Aktion.

Ruth wurde klar, dass noch ein bisschen Überzeugungsarbeit nötig war, und setzte sich auf die Bettkante. Geduldig erklärte sie Lindau, was sie sich von ihrem Vorhaben versprach.

»Also gut«, lenkte der Staatsanwalt schließlich ein. »Sie bekommen das Dokument. Aber lassen Sie mich diesen Schritt nicht bereuen.«

»Wird schon schiefgehen«, gab Ruth trocken zurück.

Lindau lachte kurz und freudlos auf. »An ihre Art von Humor werde ich mich auch noch gewöhnen, Frau Fasan. Schnappen Sie den Mörder und beweisen Sie mir, dass Ihre Methoden zielführend sind. Dann werden wir gut miteinander auskommen.«

Ruth sagte noch etwas unterkühlt Nettes und beendete das Gespräch. Einen Moment lang saß sie grübelnd da und starrte vor sich hin. In Hamburg hatte sie sich nie daran gestört, bei ihren Kollegen mit ihrer schroffen Art anzuecken; diese Umgangsform hatte zu ihrem Markenzeichen gehört und dazu beigetragen, dass ihr die Menschen nicht zu nahe kamen. Aber hier bekam diese Marotte plötzlich einen schalen Beigeschmack. Ruth wusste nicht, woran es lag, doch diese Erkenntnis stimmte sie auf eine so von ihr bisher noch nie wahrgenommene Weise melancholisch. War es womöglich erforderlich, an ihrem Benehmen etwas zu ändern?

Sie gab sich einen Ruck und stand auf. Es wurde Zeit, dass sie sich im Hafen blicken ließ.

Kapitel 6

Gemeinsam mit einem Kollegen von der Wasserschutzpolizei sorgte Alice dafür, dass die Schaulustigen hinter dem rot-weiß gestreiften Absperrband blieben, das in einem Abstand von fünf Metern halbkreisförmig vor die beiden vertäuten Boote gespannt worden war. Hagen hob das Band ein Stück an, als Ruth sich darunter hinwegduckte, um in den abgesperrten Bereich zu gelangen. Dabei bemerkte sie Max, der sie ungeniert filmte.

»Ich habe mit der Bootsbegehung noch nicht angefangen«, erklärte Hagen. »Ich denke, das ist in Ihrem Sinne.«

»Danke«, sagte Ruth. »Ich hatte noch etwas zu erledigen, darum meine Verspätung. Bitte entschuldigen Sie.«

Hagen sah sie verblüfft an. »Klar, kein Ding.«

Gemeinsam näherten sie sich der *Greete 3*. Das auf der Steuerbordseite vom Ausleger herabhängende Netz lag auf dem Kai auf. Die darin gefangenen Fische waren offenkundig nicht mehr am Leben.

Ein Mann in der Uniform eines Kapitäns und ein weiterer Mann, der einen blauen Kittel und eine Elbseglermütze trug, traten auf die Ermittler zu.

»Kapitän Felix Seitz«, stellte sich der Uniformierte vor und bedachte die beiden Ermittler jeweils mit einem kräftigen Händedruck. Seitz war eine stattliche Erscheinung und machte mit seinem braungebrannten markanten Gesicht und den hellblauen Augen einen weltmännischen Eindruck. Er deutete auf seinen neben ihm stehenden Begleiter. »Das ist Marten Böhm, der hiesige Hafenmeister.«

»Moin«, sagte dieser und tippte mit den Fingern lässig gegen den Elbsegler.

»Moin«, erwiderten Ruth und Hagen wie aus einem Mund.

Seitz bedachte den Fischkutter mit einem Kopfnicken. »So haben wir diesen Kahn auf dem Meer treibend gefunden«, berichtete er. »Wir haben nichts verändert oder angefasst, wie Sie es gewollt haben. Naja, abgesehen von den Vorkehrungen, die wir an Bord des Kutters für den Abschleppvorgang haben treffen müssen.«

»Danke, gute Arbeit«, hörte Ruth sich sagen. Sie lächelte ansatzweise. »Dann sehen wir uns an Bord mal um.«

Hagen überreichte ihr Plastiküberstreifer fürs Schuhwerk, sprang, nachdem er selbst ein Paar über seine Schuhe gestülpt hatte, hinüber zur *Greete 3* und reichte Ruth helfend die Hand.

Sie nickte dankbar, sprang und ließ sich von Hagen über die schmale Kluft zwischen Anleger und Bordkante hinweg auf den Kutter ziehen.

Das Boot wippte sanft auf und nieder. Aber Ruth verfügte über einen robusten Magen, sodass ihr der unsichere Boden unter ihren Füßen nichts ausmachte. Es roch ein wenig streng nach Fisch und das Geschrei der Möwen gellte in den Ohren.

Auf dem Kahn gab es kaum Platz, um sich zu bewegen. Überall standen offene Transportkisten aus buntem Plastik herum, die Planken waren feucht und rutschig. Ruth musste sich unter herabhängenden Tampen und der Metallkonstruktion für die Ausleger hinwegducken, während sie an Deck umhertappte. Sie holte ihr Handy hervor und machte wahllos ein paar Aufnahmen. Dabei hielt sie das Telefon hoch über ihren Kopf, damit die Schaulustigen und insbesondere Max sehen konnten, was sie tat.

»Hier«, rief Hagen plötzlich von der gegenüberliegenden Bordwand herüber. Agil wie ein Akrobat war er über die Hindernisse hinweggeturnt, wobei er sich aufmerksam umgesehen hatte. Er zeigte auf die Reling. »Das ist Blut, schätze ich.«

Ruth brauchte einen Moment, bis sie die Stelle erreichte. Sie nickte bestätigend. Der Handläufer und die Reling wiesen eindeutig Blutspuren auf. Es handelte sich um eine nicht unerhebliche Menge; es fanden sich sogar welche außen an der Bordwand.

»Das ist sicherlich kein Fischblut«, äußerte sich Hagen.

Ruth nickte zustimmend. »Christian Hellmann könnte an dieser Stelle angegriffen worden sein.« Sie sah ihren Partner prüfend an. »Haben Sie die Spurensicherung verständigt?«, wollte sie wissen.

»Logisch«, gab dieser ungezwungen zurück. »Die Kollegen aus Emden müssten in Kürze hier eintreffen.«

Gut gemacht, wollte Ruth sagen. Aber sie fand, dass man es mit dem Lob und der Freundlichkeit auch übertreiben konnte, und schluckte die Bemerkung hinunter. Stattdessen sah sie sich auf dem Boden um. »Womöglich finden wir hier irgendwo die Tatwaffe; wahrscheinlich ein Messer.«

Sie zogen Einmalhandschuhe über und begannen das Deck systematisch abzusuchen, rückten Kisten hin und her und sahen unter den aufgeschossenen Seilen nach. Auch in das Werkzeugkabuff warfen sie einen Blick. Sie fanden jedoch nichts, was geeignet gewesen wäre, um damit die Kehle eines Mannes durchzuschneiden.

Ruth untersuchte die bunten Transportbehälter nun ein wenig genauer, ihr war nämlich aufgefallen, dass diese durch die Bank weg ziemlich schmutzig wirkten. In einem kroch ein Krebs herum und in einem anderen lag ein Seestern.

Sie fuhr mit der Handfläche über den Boden einer der Kisten. Schleim und Fischschuppen klebten daraufhin am Handschuh.

»Es muss vor nicht allzu langer Zeit gefangener Fisch in diesen Wannen gewesen sein«, stellte Hagen fest, der es seiner Vorgesetzten gleichgetan und einige Behälter genauer in Augenschein genommen hatte. »Es sollte mich schon sehr wundern, wenn sie zu Beginn der Fangfahrt schon so schmuddelig gewesen waren. So alt sind diese Rückstände nämlich noch nicht.«

Ruth ließ den Blick über all die offenen Behälter schweifen. »Wo mag der Fang geblieben sein?«, fragte sie.

Hagen zuckte mit einer Schulter. »Christian Hellmann wird ihn wohl kaum über Bord geworfen haben.«

Schließlich begaben sie sich in den Fahrstand. Darin herrschte ein heilloses Durcheinander. Papiere und Teile des technischen Geräts lagen auf dem Boden verstreut. Das Steuerrad war mit einem kurzen Seil festgebunden, damit es nicht bewegt werden konnte.

»Das waren wir!«, rief Kapitän Seitz vom Kai herüber, als Ruth den Tampen genauer unter die Lupe nahm. »Das Ruder musste zum Abschleppen arretiert werden.«

Sie nickte verstehend. »Alles klar.«

Die beiden Polizisten sahen sich noch eine Weile um, kehrten dann aber auf den Anleger zurück.

*

»Was Interessantes gefunden?«, erkundigte sich Seitz.

Ruth zuckte mit den Schultern. »Nicht wirklich. Ich hoffe, die Kollegen von der Spurensicherung werden mehr Glück haben.«

Der Kapitän lächelte aufmunternd. »Abwarten und Tee trinken.« Er zog seine Uniformjacke glatt. »Wir stechen dann mal wieder in See«, verkündete er in aufgeräumter Stimmung. »Es sei denn, Sie benötigen noch die Hilfe der Wasserschutzpolizei.«

»Nein, wir kommen allein zurecht.« Ruth streckte dem Mann die Hand hin. »War nett, Sie kennenzulernen, Kapitän.«

Er umfasste ihre Hand, hielt sie fest und musterte Ruth von oben bis unten, ohne dabei jedoch despektierlich zu wirken. Es war eher echtes Interesse, was aus dieser Geste sprach. »Sie sind die Neue aus Hamburg, nicht wahr?«

»Das bin ich«, bestätigte Ruth und befreite ihre Hand.

Seitz grinste vergnügt. »Dann mal noch viel Glück bei der Jagd nach dem Mörder«, sagte er, wandte sich ab, bedachte Hagen mit einem Nicken und schritt dann zackig auf das Polizeiboot zu. »Auf ein baldiges Wiedersehen, Frau Hauptkommissarin!«, rief er und winkte, ehe er die Gangway des Küstenboots enterte und an Bord verschwand.

»Sie sind ja fix darin, Freundschaften zu schließen«, merkte Hagen trocken an. Offenbar kannte er seine Vorgesetzte inzwischen gut genug, um zu wissen, dass das ganz sicherlich nicht ihrer Art entsprach.

»Sehr witzig«, giftete Ruth. Sie drehte sich um und sah zum Hafenmeister hinüber. Der umrundete das auf dem Kai aufliegende Fangnetz langsam und musterte den Inhalt kritisch.

»Ist was?«, rief Ruth dem Mann zu.

Marten Böhm nahm die Mütze ab und kratzte sich mit derselben Hand dann im Nacken. »Ist eine ziemliche Menge Fisch, den Herr Hellmann da im Netz hat«, sagte er.

Ruth und Hagen gingen zum Hafenmeister hinüber.

»Ist daran etwas ungewöhnlich?«, hakte Ruth nach.

Böhm setzte die Mütze auf. »Mit dem Fang im Netz auf der Backbordseite zusammengenommen hätte Herr Hellmann die Quote, die ein Fischer pro Woche aus dem Meer holen darf, bereits knapp überschritten, so wie ich das sehe.«

»Das müssen Sie uns bitte genauer erklären«, forderte Ruth den Mann auf.

»Ist das für Ihre Ermittlungen denn überhaupt relevant?«, fragte der Hafenmeister.

»Womöglich«, erwiderte Ruth. »Je mehr wir über den Toten wissen, desto größer die Wahrscheinlichkeit, dass unsere Ermittlungen zum Erfolg führen.«

Böhm nickte gewichtig. »Die Fischer hier nehmen seit einigen Monaten an einem Pilotprojekt teil«, holte er dann etwas weiter aus. »Man will herausfinden, ob die Fischer trotz einer gewissen Fangquote finanziell dennoch über die Runden kommen.«

»Und wie wird es überprüft, wie viele Fische tatsächlich gefangen werden?«, hakte Ruth nach.

»Das ist meine Aufgabe«, erläuterte Böhm. »Ich führe genau Buch darüber, wie viele Fische von den Booten in den Hafen gebracht werden. Die meisten fangen allerdings Krabben, das ist hier Tradition. Fischfang wird aber auch betrieben.«

»Und was passiert, wenn zu viele Fische gefangen wurden?«, wollte Hagen wissen. »Werden die ins Meer zurückgeworfen?«

Der Hafenmeister schüttelte den Kopf. »Auf ein paar Fische mehr oder weniger kommt es natürlich nicht drauf an. Die Fischer halten sich an die Vorgaben. Sie hören auf, ihre Netze auszuwerfen, wenn sie die Quote in etwa erreicht haben. Das klappt eigentlich recht gut. Die Fischer hier sind an einer Nachhaltigkeit des Fischfangs ja auch interessiert, schließlich geht es um ihre Zukunft und die Zukunft nachfolgender Generationen von Fischern.«

»Wir haben Grund zu der Annahme, dass Herr Hellmann vergangene Nacht noch viel mehr Fisch gefangen hatte, als sich in diesen Netzen befindet«, sagte Hagen. »Es müsste noch viel mehr in den Behältern gewesen sein. Aber die sind jetzt leer.«

Die Miene des Hafenmeisters verfinsterte sich. »Wenn es stimmt, dass Herr Hellmann die Quote überschritten hat, wird er den überzähligen Fisch jedenfalls nicht im Hafen von Greetsiel losgeworden sein. Ich achte sehr genau darauf, was hier passiert.«

»Könnte der Kutter nachts nicht heimlich eingelaufen sein, sodass Herr Hellmann den illegalen Fang von Ihnen unbemerkt an Land bringen konnte?«

Böhm sah die Hauptkommissarin zweifelnd an. »Um in den Hafen von Greetsiel zu gelangen, müssen die Boote zuvor die Leysiel-Schleuse passieren. Dort wird jedes ein- oder auslaufende Wasserfahrzeug registriert. Hier kommt niemand unbemerkt rein oder raus.«

Ruth wandte sich Hagen zu. »Das muss überprüft werden.« Gleichzeitig dachte sie, dass sie sich unbedingt die Zeit nehmen musste, sich genauer über diesen Fischerort zu informieren. Ihre Unwissenheit über die örtlichen Gegebenheiten wurde ihr langsam peinlich.

»Das kann ich fix erledigen«, sagte Böhm und holte sein Handy hervor. »Ein Anruf beim Kollegen in der Schleuse genügt.«

Ruth nickte dem Mann dankend zu.

Ein dröhnendes Tuten hallte plötzlich über den Hafen hinweg. Erschreckt blickte Ruth auf und sah das Polizeiboot. Es hatte abgelegt und fuhr soeben an der *Greete 3* vorbei. Kapitän Seitz stand im Steuerhaus vor dem Ruder und winkte der Hauptkommissarin zu. Dabei ließ er das Signal erneut erschallen.

Zögernd hob Ruth die Hand und erwiderte den Gruß, ließ sie dann aber schnell wieder sinken. Anschließend warf sie Hagen einen lauernden Blick zu, aber der tat – allerdings nicht sehr überzeugend –, als hätte er von alledem nichts mitbekommen.

Unangenehm berührt ließ Ruth den Blick über die Schaulustigen hinter der Absperrung schweifen. Die Menschenansammlung war zu einer stattlichen Anzahl angewachsen. Die Menschen winkten dem Küstenboot zu, wohl in der Annahme, sie wären gemeint. Keinem schien aufgefallen zu sein, dass dieser lautstarke Gruß des Kapitäns allein ihr, Ruth, gegolten hatte.

Unwillkürlich versuchte sie, Max in der Menge ausfindig zu machen, konnte den jungen Burschen jedoch nicht entdecken.

»Also«, sagte der Hafenmeister und hielt sein Handy kurz hoch. »Die *Greete 3* hat die Schleuse am gestrigen Abend kurz vor sieben Richtung Meer passiert«, berichtete er. »Vor einer Dreiviertelstunde ist der Kutter dann im Schlepp des Polizeibootes Richtung Hafen eingelaufen. Dazwischen gibt es keinen Eintrag, diesen Fischkutter betreffend. Wo immer Herr Hellmann den mutmaßlich überzähligen Fisch losgeworden ist, hier in Greetsiel ist es jedenfalls nicht passiert.«

»Kannten Sie Christian Hellmann eigentlich gut, Herr Böhm?«, hakte Ruth nach.

Der Hafenmeister wiegte abwägend den Kopf. »Eigentlich hatte ich nur beruflich mit ihm zu tun. Er war ziemlich einsilbig, wie viele Ostfriesen eben so sind. Aber er hat sich bemüht, sich korrekt zu verhalten.«

»Bemüht?«, hakte Hagen nach.

»Naja, er war ein bisschen störrisch und ist deshalb manchmal angeeckt. Aber nix Gravierendes.«

»Wie war sein Verhältnis zu den anderen Fischern in Greetsiel?«

Böhm überlegte einen kurzen Moment lang. »Eher reserviert, würde ich sagen. Er war ein Eigenbrötler.«

»Gab es Streit mit seinen Kollegen?«

Böhm winkte ab. »Ein paar kleine Reibereien, die nicht der Rede wert sind.« Wie ein Sheriff hakte er die Daumen hinter den Gürtel. »Ich achte darauf, dass es hier im Hafen gesittet zugeht. Pöbeleien oder gar Schlägereien kommen in meinem Hafen nicht vor.«

»Vielleicht ist Herr Hellmann auf dem Meer mit anderen Fischern aneinandergeraten?«, überlegte Ruth laut. »Wenn die Fischgründe knapp werden, wird es sicherlich Auseinandersetzungen um die besten Fangplätze geben.«

Böhm zuckte wenig überzeugt mit den Schultern. »Mir ist nichts über derartige Vorfälle zu Ohren gekommen. Mehr Fisch, als sie fangen dürfen, ist für die Fischer eben nicht drin. Darum gibt es auch kein Gekabbel um besonders ertragreiche Fischgründe.«

»Ein schwer zu fassender Charakter, dieser Christian Hellmann«, fasste Ruth freudlos zusammen.

Böhm nickte beipflichtend. »Er hat sein eigenes Ding gemacht und nur wenig von sich preisgegeben.«

»Danke für Ihre Hilfe«, sagte Hagen und lächelte höflich.

»Gern geschehen«, erwiderte der Hafenmeister. »Sie können jederzeit auf mich zurückgreifen, wenn es um die Belange des Greetsieler Hafens geht.«

»Das werden wir«, versicherte Hagen.

Ein dunkler Kastenwagen stoppte vor der mit Schaulustigen bevölkerten Rampe, die zum Anleger hinabführte.

»Die Kollegen von der Spurensicherung sind da«, stellte Ruth fest.

Alice, die das Fahrzeug auch bemerkt hatte, fuchtelte mit den Armen und rief den Leuten zu, Platz zu machen. Langsam rollte das Auto an den zur Seite ausweichenden Schaulustigen vorbei die Abfahrt hinunter. Alice entfernte das Absperrband, damit der Wagen passieren konnte, und befestigte es anschließend wieder am Geländer.

Ruth wartete, bis die Kollegen ausgestiegen waren und sie die weißen Schutzanzüge übergezogen hatten. Anschließend gab sie dem Leiter der Gruppe ein paar Instruktionen und erklärte ihm, worauf die Kollegen besonders zu achten hatten. Der Mann versicherte ihr, dass alles zu ihrer Zufriedenheit geregelt werden würde, und begab sich mit seinen Leuten und der Ausrüstung an Bord der *Greete 3*.

»Und was nun?«, erkundigte sich Hagen. »Ich schätze, unsere Anwesenheit ist hier jetzt nicht länger erforderlich.«

»Wir statten Christian Hellmanns Wohnung jetzt einen Besuch ab«, entschied Ruth.

*

Hagen führte vom parkenden Einsatzwagen aus ein paar Telefongespräche, während Ruth draußen am Fahrzeug lehnte, in einem Prospekt des Fremdenverkehrsbüros herumblätterte und dabei an ihrem Coffee-to-go nippte, den sie in einem Hafencafé gekauft hatte.

»Ich glaub es nicht«, rief Hagen ihr durch das heruntergekurbelte Seitenfenster zu, nachdem er das letzte Telefonat beendet hatte. »Das Mietshaus, in dem Christian Hellmann gewohnt hat, gehört einem Mann, der in Berlin lebt. Und nun raten Sie mal, von wem dieses Gebäude hausmeisterlich verwaltet wird?«

Ruth ließ den Prospekt sinken und furchte die Stirn. »Friedrich Hellmann?«, fragte sie, denn so wie Hagen ihr diese Frage gestellt hatte, war eigentlich nur eine Antwort möglich.

Er schüttelte erzürnt den Kopf. »Das hätte er uns heute Vormittag ruhig mitteilen können.«

»Naja, er hatte wohl anderes im Kopf«, gab Ruth gelassen zurück. Sie leerte den Becher. »Vermutlich hat Friedrich für die Wohnung seines Bruders einen Zweitschlüssel«, mutmaßte sie, während sie sich nach einem Müllbehälter umsah.

»Das ist ein Mehrwegbecher, den müssen Sie zurückgeben«, informierte Hagen sie.

Ruth nickte zerstreut und ging zum Café auf der anderen Straßenseite hinüber. Als sie wenig später zum Wagen zurückkehrte, startete Hagen den Motor.

»Ich habe Friedrich Hellmann angerufen«, erklärte er, während Ruth sich in den Beifahrersitz fallen ließ. »Er ist gerade von der Identifizierung der Leiche zurückgekehrt. Er hat bestätigt, dass es sich bei dem Toten um seinen Bruder handelt. Wir treffen ihn vor Christians Wohnung. Er wird uns aufschließen.«

»Er kommt persönlich?«, wunderte sich Ruth. »Warum schickt er nicht die Vertretung, von der er gesprochen hat?«

»Vielleicht ist ihm das zu wichtig.« Hagen fuhr los.

Ruth warf den Prospekt auf die Rücksitzbank. »Wichtiger als bei seiner Frau und dem Neugeborenen zu bleiben?«

»Immerhin geht es um seinen Bruder«, gab Hagen zu bedenken. »Vielleicht stößt es ihm sauer auf, dass er sich nicht um ihn gekümmert hat und es jetzt zu spät ist, daran etwas zu ändern.«

Die Fahrt zur Wohnadresse dauerte nur wenige Minuten. Umso erstaunter war Ruth, als sie den Firmenwagen von Friedrich Hellmanns Hausmeisterbetrieb bereits vor dem Gebäude parken sah. Anscheinend war Friedrich gerade erst eingetroffen, denn er stieg aus dem Fahrzeug aus, als Hagen den BMW am Straßenrand stoppte.

»Sie hätten sich nicht persönlich herbemühen müssen«, sagte Ruth, als sie kurz darauf zu dritt auf den Hauseingang zugingen. Es handelte sich um ein wuchtiges Mehrfamilienhaus, das ein wenig vernachlässigt aussah.

»Anette hat darauf bestanden«, erwiderte Friedrich und deutete auf das Gebäude. »Christian wohnt im ersten …« Er brach ab. »… wohnte im ersten Stock«, verbesserte er sich dann mit belegter Stimme.

Ruth drückte die Eingangstür auf. Ein kurzer Flur, von dem rechts und links Wohnungstüren abzweigten, führte auf eine Treppe zu. In der ersten Etage angekommen, machte sich Friedrich mit einem dicken Schlüsselbund bewaffnet an einer der dort abführenden Wohnungstüren zu schaffen. Er sperrte auf, aber als er eintreten wollte, hielt Ruth ihn an der Schulter zurück.

»Wir übernehmen ab hier«, sagte sie, schob ihn beiseite und trat ein. »Sie dürfen zu Ihrer Familie zurückfahren oder warten draußen.«

»Aber …«, setzte Friedrich an, verstummte dann resigniert und warf Hagen einen verdrießlichen Blick zu, als dieser sich an ihm vorbei in die Wohnung schob.

Ruth, die ein paar Schritte in den Flur vorgedrungen war, blieb plötzlich stehen. Aus einem der Zimmer war ihr eine in einen Morgenmantel gekleidete junge Frau entgegengetreten.

Verdattert sah die dunkelblonde Fremde zuerst Ruth und Hagen und dann auch den vor der Wohnungstür stehenden Friedrich an. »Wer … sind Sie?«, fragte sie befremdet und raffte den Morgenmantel über der Brust zusammen. »Und wo, verdammt nochmal, bleibt Christian?«

Ruth hielt der Frau ihren Dienstausweis unter die Nase. »Darf ich bitte erfahren, wer Sie sind?«

Die Frau musterte den Ausweis mit finsterer Miene. »Polizei? Was wollen Sie?«

»Beantworten Sie zuerst meine Frage.«

»Mein Name lautet Barbara Kunz«, sagte die Frau zurückhaltend, fast ein wenig ängstlich.

»Wohnen Sie hier?«, erkundigte sich Ruth, während Hagen in einem der Zimmer verschwand, um sich dort umzusehen.

»He!«, rief Barbara dem Kommissar hinterher. »Was soll das?«

»Beantworten Sie meine Frage!«, forderte Ruth streng.

»Nein, ich wohne nicht hier«, gab Barbara patzig zurück. Dann wurde ihre Stimme wieder eine Spur weicher. »Ich bin mit Christian liiert. Er wollte, dass ich in seiner Wohnung auf ihn warte.«

Ruth nickte verstehend, fasste Barbara am Ellenbogen und führte sie ins Wohnzimmer. Christian schien keinen ausgeprägten Sinn für Ordnung besessen zu haben, denn in dem Raum herrschte einiges Durcheinander. Die Vorhänge waren zugezogen, standen in der Mitte aber eine Armbreite auf, sodass ein Streifen Sonnenlicht auf die mit Zeitschriften, Büchern und Kleidungsstücken bedeckten Möbel fiel.

»Setzen Sie sich«, wies Ruth die Frau an und deutete auf das Sofa. Barbara räumte ein paar Illustrierte beiseite und nahm Platz. Ruth setzte sich vorne auf die Sitzfläche eines Sessels, über dessen Lehne Jeans- und Jogginghosen gebreitet lagen.

»Es tut mir leid, Ihnen das mitteilen zu müssen«, sprach sie mit ruhiger Stimme auf die junge Frau ein. »Aber Ihr Freund wurde am frühen Morgen im Watt der Leybucht tot aufgefunden.«

Barbara glotzte die Hauptkommissarin an, als säße vor ihr eine Fabelgestalt aus einem Märchen. »Wie bitte?«, fragte sie rau, wobei sich Tränen in ihren Augen sammelten. »Sie … Sie lügen doch.«

Ruth schüttelte bedauernd den Kopf. »Es ist die Wahrheit, leider.«

»Aber … wieso? Was ist passiert?« Barbara begann zu schluchzen.

»Wir gehen von Mord aus«, sagte Ruth und ließ die junge Frau dabei nicht aus den Augen.

Diese glotzte sie entgeistert an. »Mord?«, wiederholte sie. »Wer … wer?« Sie schlug die Hände vors Gesicht und weinte. »Wer sollte denn sowas tun?«, presste sie wimmernd hervor.

»Das versuchen wir gerade rauszufinden.«

Barbara ließ die Hände in den Schoß sinken und schniefte. »Haben Sie denn schon einen Verdacht?«

Ruth ging auf die Frage nicht ein, zog ein Taschentuch aus ihrem Jackett und reichte es Barbara.

»Danke«, murmelte diese, nahm das Papiertuch und schnäuzte ungeniert hinein. »Wir … wir wollten in ein paar Wochen nach Hawaii fliegen«, sagte sie verzagt. »Weil wir es schon ein Jahr miteinander aushalten. Und anschließend wollten wir zusammenziehen.«

»So ein Unsinn!«, rief Friedrich aufgebracht herüber. Er stand auf der Schwelle der Wohnungstür, eine Hand auf den Rahmen gestützt, und spähte ins Wohnzimmer hinüber. »Für sowas hätte Christian überhaupt kein Geld gehabt!«

»Gar nicht wahr!«, schrie Barbara wie ein Kind, das einen Erwachsenen beim Lügen ertappt hatte. Feindselig starrte sie Friedrich an. Sie verengte die Augen, als dämmerte ihr, wen sie da vor sich hatte. »Du bist Christians Bruder, nicht wahr? Warum sagst du sowas?«

»Weil es der Wahrheit entspricht«, gab dieser schonungslos zurück. »Christian hatte immer Geldschwierigkeiten. Anders kenne ich ihn gar nicht.«

»Hatte er die Flugtickets denn bereits gekauft?«, erkundigte sich Ruth.

Barbara zuckte mit den Schultern. »Ich glaube schon. Jedenfalls hat er es gesagt.«

Friedrich stieß ein freudloses Lachen aus. »Das wäre ein starkes Stück. Christian hatte nämlich einen ziemlichen Batzen Schulden bei mir. Anstatt zu verreisen, wäre es fairer gewesen, mir wenigstens einen Teil dieses Geldes zurückzuzahlen. Besonders jetzt, da ein zweites Kind zu versorgen ist.«

»Christian hat mir von dir erzählt«, sagte Barbara mit lauerndem Unterton. »Du hast dir die ganze Erbschaft eurer Eltern unter den Nagel gerissen.«

»Quatsch!«, rief Friedrich aufgebracht und trat von einem Bein auf das andere. »Das hat Christian dir erzählt? Dass unsere Eltern das in ihrem Testament so festgeschrieben hatten, hat er dir aber wohl verschwiegen.«

»Er war dein Bruder. Und Brüder teilen brüderlich.« Barbara begann erneut zu schluchzen.

»Von seinem Erbanteil wäre inzwischen nichts mehr übrig geblieben«, sagte Friedrich. »Christian konnte einfach nicht mit Geld umgehen. Und das wussten unsere Eltern. Darum haben sie ihn nur mit dem Pflichtanteil bedacht.«

In Ruths Ohren klang es ein bisschen so, als wollte Friedrich sich rechtfertigen. Die Sache war ihm offenkundig unangenehm.

»Er hätte dir die Schulden niemals zurückgezahlt!«, rief Barbara angriffslustig. »Das Geld, das du ihm geliehen hast, gehörte in Wahrheit nämlich ihm. Es war sein Erbschaftsanteil, wenn auch nur ein kleines bisschen von dem, was ihm zugestanden hätte, wenn es gerecht zugegangen wäre.«

Friedrich presste hart die Lippen aufeinander. »So hat er diese Sache also gesehen?«

Barbara wandte sich von Friedrich ab, knüllte das Taschentuch in ihren Händen zusammen und starrte dumpf vor sich hin.

»Ich muss Sie leider bitten, die Wohnung zu verlassen, Barbara«, sprach Ruth sie an. »Räumen Sie Ihre Sachen zusammen. Wenn Sie möchten, wird meine Kollegin von der Streifenpolizei Sie nach Hause fahren. Wo wohnen Sie denn überhaupt?«

»Auch in der Krummhörn, in Manslagt.« Barbara ließ den Blick schweifen und nickte dann gefasst. »Ich will hier keine Minute länger bleiben. Es kommt mir vor, als würde Christian mich aus jeder Ecke anschauen.« Ein Weinkrampf schüttelte sie, aber sie fing sich schnell wieder und stand schwankend auf. »Meine Sachen sind im Schlafzimmer«, verkündete sie und schickte sich an, sich auf den Weg dorthin zu machen.

In diesem Moment betrat Hagen den Raum. Er hielt ein in Frischhaltefolie gewickeltes Päckchen in seiner behandschuhten Hand. »Das habe ich in der Besenkammer in einem alten Schuhkarton gefunden«, sagte er und warf das Päckchen zwischen die anderen Sachen auf den Couchtisch. Es handelte sich um einen dicken Stapel Hundert-Euro-Scheine, säuberlich geschichtet und akkurat verpackt.

Barbara starrte das Päckchen mit großen Augen an. Es schien, als überlegte sie ernsthaft, sich das Geld zu greifen.

»Das müssten so in etwa zehntausend Euro sein«, schätzte Hagen.

Ruth ließ Barbara nicht aus den Augen. »Wussten Sie von diesem Geld?«

Die Angesprochene schüttelte abgehackt den Kopf, den Blick noch immer auf das Päckchen gerichtet.

»Sie können sich auch nicht denken, wo Christian es herhaben könnte?«

Erneut schüttelte sie den Kopf. Dann sah sie Ruth unverwandt an. »Was passiert jetzt damit?«

Die Hauptkommissarin zuckte mit den Schultern. »Die Herkunft dieses Geldes muss geklärt werden. Dann wird es seinem rechtmäßigen Besitzer übergeben werden.«

Barbara schluckte trocken. »Glauben Sie, es besteht Hoffnung, dass ich es bekomme? Ich habe Christian am nahesten gestanden.« Sie deutete auf Friedrich in der Türöffnung. »Auf keinen Fall soll es dieser Geizkragen in die Finger kriegen. Das wäre sowas von ungerecht.«

»Das habe ich nicht zu entscheiden.« Ruth stand auf. »Packen Sie jetzt Ihre Sachen, Frau Kunz. Nachher werden wir noch Ihre Personalien aufnehmen.«

Einen Moment lang blieb Barbara wie benommen stehen. Dann wandte sie sich ab und stürmte aus dem Zimmer.

*

Es war früher Abend, als die beiden Ermittler ins Polizeigebäude zurückkehrten. Alice, die Barbara Kunz zu ihrer Wohnung in Manslagt gefahren hatte, war ebenfalls anwesend. Sie saß auf ihrem Platz hinter dem Empfangstresen und grüßte die Eintretenden mit einem knappen »Moin«. Dann deutete sie hinter sich auf die Verbindungstür zum Büro. »Ein Fax aus der Staatsanwaltschaft ist für Sie eingetroffen, Frau Fasan.«

Ruth nickte zufrieden und deutete dann auf die elektronisch gesicherte Tür, die sich dem Wartebereich anschloss. »Ich hatte noch gar keine Gelegenheit, mich hier überall umzusehen.«

Alice drückte einen hinter dem Tresen verborgenen Knopf, woraufhin das elektronische Schloss der gesicherten Tür ein leises Summen von sich gab. Ruth griff nach dem Knauf und drückte das Türblatt auf. Ein schmaler Flur tat sich dahinter auf. Rechts gingen zwei Zimmer ab und auf der gegenüberliegenden Seite befand sich eine aufwärts führende Treppe. Am Ende des Ganges gab es eine weitere gesicherte Tür.

Hagen folgte der Hauptkommissarin in den Flur. »Das erste Zimmer dient als Vernehmungsraum«, erläuterte er. »Dahinter befindet sich die Arrestzelle.«

»Und was ist dort oben?«, erkundigte sich Ruth und deutete die Treppe hinauf.

»Lagerräume«, antwortete Hagen. »Und ein kleiner Ruheraum für alle Fälle.« Er machte ein fragendes Gesicht. »Wollen Sie sich das ansehen?«

Ruth schüttelte den Kopf und trat vor die Tür am Ende des Flures. Diese war mit einem elektronischen Zahlenschloss gesichert. Hagen nannte seiner Kollegin die Zahlenkombination, und nachdem Ruth sie eingegeben und die Tür geöffnet hatte, fand sie sich in der Küche wieder.

»Klein, kompakt und funktional und irgendwie auch putzig«, fasste sie ihren Eindruck zusammen. Sie durchquerte die Küche, um über die Verbindungstür ins Büro zu gelangen.

»Gehe ich recht in der Annahme, dass Ihnen Ihr neuer Arbeitsplatz gefällt?«, fragte Hagen gestelzt und im nasalen Tonfall, um die Frage nicht ganz so ernsthaft klingen zu lassen, wie sie vielleicht gemeint war. »Denn ich meine, so etwas Ähnliches haben Sie über diese Polizeistation schon einmal gesagt.«

»Ich denke schon«, gab Ruth reserviert zurück. Sie fischte den Zettel aus dem Ausgabefach des Fax-Geräts, machte mit dem Handy ein Foto davon und schickte es ihrem ehemaligen Kollegen Jens Stadensen zu.

Hagen verstaute das in Christians Wohnung sichergestellte Geldbündel im Safe und verschloss diesen. Flugtickets hatte er in der Wohnung keine gefunden. »Was hat es mit dieser Verfügung auf sich?«, erkundigte er sich, als er einen Blick auf das Dokument warf.

»Seien Sie nicht so neugierig«, wehrte Ruth ab, ließ es aber zu, dass ihr Partner den Schrieb genauer in Augenschein nahm.

»Wenn das unseren Fall betrifft, sollte ich es wissen«, sagte Hagen.

Ruth zuckte mit den Schultern. »Das steht noch nicht fest. Ich werde Sie informieren, wenn es so sein sollte.« Mit diesen Worten nahm sie das Dokument, faltete es einmal und legte es in ein Schubfach ihres Schreibtisches. »Gibt es irgendwelche Neuigkeiten aus der Forensik oder von der Spurensicherung?«, fragte sie Hagen kurz darauf, als dieser einen Blick auf den Bildschirm seines Computers warf.

Der Kommissar schüttelte den Kopf. »Weder noch«, sagte er kurz angebunden.

Ruth verdrehte die Augen. »Nun seien Sie nicht gleich einge-schnappt.«

»Bin ich gar nicht«, erwiderte Hagen in einem Tonfall, der verriet, dass er es sehr wohl war.

Die Hauptkommissarin überlegte, ob sie ihrem Partner vielleicht doch von ihrem Verdacht erzählen sollte, dass sie in ihrer Unterkunft eine Begegnung mit MaxiMumm gehabt haben könnte. Die ganze Sache erschien ihr jedoch viel zu vage und unausgereift, sodass sie sich scheute, Hagen einzuweihen. Als sie sich gerade einen Ruck geben wollte, es dennoch zu tun, machte sich ihr Handy mit einem Signalton bemerkbar.

Jens hatte ihr eine Nachricht geschickt. Darin war ein Link enthal-ten, der sie, wie Jens schrieb, zu einem Polizeiserver weiterleiten würde, wo er für sie ein Spezialprogramm und einige Daten abgelegt hatte.

Ruth klickte den Link an, woraufhin ihr Handy anfing, Daten über das Internet herunterzuladen.

Nachdem du das Programm installiert hast, brauchst du nichts weiter tun, als abzuwarten, ob unser schräger Vogel in die Falle fliegt, lautete der letzte Abschnitt von Jens' Textnachricht. *Den Rest erledigt das Programm von selbst.*

Danke, mein Lieber, schrieb sie an Jens zurück. *Du hast etwas gut bei mir!*

Nachdem sie die Nachricht abgeschickt hatte, ärgerte sie sich über den letzten Satz ihrer Textbotschaft. Jens hatte nur seine Arbeit getan. Deswegen stand sie nicht in seiner Schuld.

Aber womöglich wollte sie es, um eine Verbindung nach Hamburg zu halten.

Dieser Gedanke stimmte sie nachdenklich. Es war ihre eigene Entscheidung gewesen, alle Brücken abzubrechen und hier in Greetsiel einen Neuanfang zu machen, warum also wollte sie sich eine Hintertür offenhalten?

Weil du dich hier einsam und verloren fühlst, wurde ihr schlagartig klar. *In Hamburg bist du gut vernetzt gewesen. Du hattest immer Leute um dich herum, die dich trotz deiner kratzbürstigen Art mochten – oder auch gerade deswegen. Aber hier ...*

Sie warf Hagen einen verstohlenen Blick zu. Ihr neuer Kollege war gerade damit beschäftigt, am Computer einen Einsatzbericht zu schreiben. Eine lästige Arbeit, die zum Beruf des Kriminologen unweigerlich dazugehörte. Eigentlich gab er sich alle Mühe, gut mit ihr auszukommen, obwohl sie es ihm nicht gerade leicht machte, musste sie sich eingestehen. Und die Leute in Ostfriesland lagen mit ihrer bodenständigen, trockenen und kurz angebundenen Art doch auch ganz auf ihrer Wellenlänge. Was also hinderte sie daran, sich diesen Menschen ein wenig zu öffnen?

Sie wusste es nicht, musste sie erkennen. Aber sie hoffte, dass sie es bald herausfinden würde.

Ruth schloss ihren Schreibtisch ab und stand auf. »Ich mache für heute Feierabend«, verkündete sie. »Kommen Sie allein zurecht, Hagen?«

»Klaro«, antwortete dieser, ohne dabei von seiner Arbeit aufzublicken. »Es liegt ein anstrengender Tag hinter Ihnen. Ruhen Sie sich aus. Ich werde noch den Schreibkram erledigen und dann auch nach Hause fahren.«

Ruth nickte. *Nach Hause,* dachte sie und seufzte. Sie schnappte sich ihre Handtasche, sagte »Tschüss« und ging. Auf die gleiche Weise verabschiedete sie sich von Alice. Als sie nach draußen trat, fiel ihr ein, dass ihr Auto vor der Pension Herta parkte, weil sie vom Hafen aus bei Hagen im Einsatzwagen mitgefahren war. Sie überlegte, ob sie ihren Partner oder Alice fragen sollte, ob sie sie fuhren, entschied sich dann aber dagegen. Ein kleiner Spaziergang durch den Ort würde ihr sicherlich guttun.

Als sie zu Fuß in die Ankerstraße einschwenkte, begann es zu nieseln. Dass der Himmel sich zugezogen hatte, war ihr gar nicht aufgefallen. Aber Schietwetter war Ruth gewohnt, denn Hamburg war auch nicht gerade als Sonnenstadt bekannt. Sie klappte den Kragen ihres Jacketts hoch und begann, die Straße mit weit ausholenden Schritten entlangzumarschieren, wie sie es in der Hansestadt auch nicht anders getan hätte.

*

Ruth kaufte in einem kleinen Fischladen, der noch geöffnet hatte, ein mit Matjes belegtes Brötchen, um es unterwegs zu essen. In Hamburg hatte sie oft auf diese Weise schnell noch etwas zu sich genommen, weil ihr am Tag keine Zeit dafür geblieben war. Allerdings war die »Nahrungsaufnahme auf der Straße« wie ihre Kollegen und sie diese Vorgehensweise scherzhaft genannt hatten, in Greetsiel mit weitaus weniger Stress und Hektik verbunden. Um sieben Uhr abends und bei leichtem Regen waren nur noch wenige Menschen in dem Ort unterwegs. Das ganze Ambiente mit den kleinen, gepflegten Häusern und Geschäften, dem weiten grauen Himmel über ihr und der Präsenz des Meeres, die sich durch den herben, würzigen Geruch in der Luft und das Geschrei der Seevögel bemerkbar machte, vermittelte ihr ein überwältigendes Gefühl von Freiheit.

Entspannt schlenderte Ruth die Straßen entlang, betrachtete den Aushang bei der Tourist-Information und spazierte anschließend über das Gelände des Nationalpark-Hauses, auf das sie am Morgen vom Auto aus bereits einen Blick geworfen hatte. Beide Einrichtungen hatten bereits geschlossen, aber das machte Ruth nichts aus. Mit einem Fischbrötchen in der Hand wäre sie dort wahrscheinlich sowieso nicht willkommen gewesen. Außerdem würde sie an einem anderen Tag noch Gelegenheit haben, sich in diesen Häusern in Ruhe umzusehen – wenn dieser Mordfall erst abgeschlossen war.

Sie schwenkte in eine Seitenstraße ein, schlenderte ein wenig umher und blieb dann stehen, um sich Skulpturen anzusehen, die in einem Vorgarten standen. Die ein bis zwei Meter hohen Plastiken waren aus Alteisen auf kunstvolle Weise zusammengeschweißt worden. Sie bildeten Meerestiere oder Sagengestalten wie etwa Meerjungfrauen oder einen mit einem Dreizack bewaffneten Meeresgott ab. Kleine Blechschilder hingen an Kettchen an den regennassen Skulpturen. Darauf waren sowohl der Name des Künstlers als auch der Kaufpreis für das jeweilige Objekt vermerkt.

Ruth warf ein Blick hinüber zum Haus, das mit Schaufenster ausgestattet war. Darin hingen Landschaftsbilder aus Öl oder Aquarell. Die Gemälde präsentierten Motive aus der Gegend, wie etwa das Meer bei Sonnenaufgang, die Zwillingsmühlen von Greetsiel, den Hafen oder den Pilsumer Leuchtturm.

Da das Grundstück zur Straße hin offen war, trat Ruth näher an die Schaufenster heran. Die Bilder waren mit demselben Namen unterschrieben, der auch auf den Blechschildern der Skulpturen vermerkt war: Malte Sinten. Offenbar ein vielseitiger Künstler, der sich nicht nur auf ein Sujet festgelegt hatte.

Ruth schluckte den letzten Bissen Fischbrötchen hinunter. Ihr dunkles, lockiges Haar klebte nass an ihrem Kopf. Wassertropfen perlten ihren Nacken hinunter und rannen unter den Kragen ihres

Jacketts. Da die Temperatur mild war, empfand sie diese Unannehmlichkeit überhaupt nicht als störend. Im Gegenteil, irgendwie fühlte sie sich befreit und heiter.

Eine Viertelstunde später erreichte sie die Pension.

Auch auf die Gefahr hin, den Boden voll zu tropfen, warf sie rasch noch einen Blick in den Frühstücksraum. Aber der war menschenleer. Auch aus der Küche war kein Rumoren zu hören, das auf Hertas Anwesenheit hingedeutet hätte.

Schade, dachte sie, denn gegen einen kleinen Plausch hätte sie gerade nichts einzuwenden gehabt.

Über dieses für sie eher untypische Bedürfnis verwundert, begab sie sich auf ihr Zimmer. Dort angekommen vergewisserte sie sich, dass ihr Handy in das WLAN der Pension eingeloggt war. Das war unerlässlich für ihr Vorhaben, wie Jens ihr erklärt hatte. Weil es sich um ein öffentliches Netz handelte, für das kein Passwort nötig war, wurden die meisten Inhalte unverschlüsselt übertragen. Das machte es Hackern leicht, den Datenverkehr auszuspionieren und auf Fremdapparate zuzugreifen.

Ruth zog sich aus, breitete die nassen Kleidungsstücke über den Stuhl und schlüpfte unter die Dusche.

Ein Badehandtuch um den schlanken Leib geschlungen und ein Handtuch um den Kopf gewickelt kehrte sie wenig später aus dem angrenzenden Badezimmer zurück. Sie rubbelte sich gerade die Haare trocken, als ihr Handy plötzlich klingelte. Sie nahm es zur Hand und setzte sich auf die Bettkante.

»Clarissa«, murmelte sie, als sie sah, wer der Anrufer war. Sie seufzte und presste die Lippen aufeinander. »Warum ausgerechnet jetzt?«, sagte sie verstimmt und überlegte, ob sie das Handy einfach klingeln lassen sollte. Sicherlich sagte Clarissa während des Gesprächs nämlich irgendetwas Privates, das nicht für die Ohren eines jungen Burschen bestimmt war, der ihr Handy in diesem Moment womöglich gerade ausspähte. Dann fiel ihr ein, dass der Anrufbeantworter anspringen würde, wenn sie das Gespräch nicht schnell entgegennahm. Es war nicht abzusehen, was ihre Tochter dann auf die Mailbox sprechen würde.

Kurz entschlossen drückte sie die Annahmetaste. »Hallo, Liebes«, sagte sie hastig. »Der Moment ist gerade sehr ungünstig.«

Am anderen Ende der Verbindung war ein langgezogenes Seufzen zu hören. »Nee, Mama, ehrlich?« Clarissa klang hochgradig genervt.

»Bist du in Hamburg oder in Greetsiel? Du klingst nämlich wie zu deiner schlimmsten Zeit im Hamburger Kommissariat.«

»Ich bin in Greetsiel«, erwiderte Ruth kurz angebunden. »Bin heute früh angekommen und gleich in einen Mordfall verwickelt worden.«

»Das ist doch jetzt nicht wahr?« Ein verbitterter Unterton schwang in Clarissas Stimme mit. »In Ostfriesland sollte für dich alles anders werden.«

Das Gespräch schlug eine Richtung ein, die Ruth ganz und gar nicht gefiel. Jede persönlich gefärbte Bemerkung war eine zu viel. »Hör mal, Liebes. Ich habe jetzt wirklich keine Zeit. Lass uns bitte später noch einmal …«

»Ja, ja, schon gut«, unterbrach Clarissa sie. »Es hat sich nichts verändert. Ich kann einfach nicht zu dir durchdringen. Echt schade, Mama!«

Die Verbindung wurde unterbrochen.

»Clarissa, nein, warte!«, rief Ruth – und verstummte resigniert. Frustriert ließ sie die Schultern hängen und warf das Handy neben sich aufs Bett. »Verdammt«, fluchte sie leise vor sich hin. »Das ist echt in die Hose gegangen.« Sie hatte den Anruf ihrer Tochter so sehr herbeigesehnt und nun dies! Wie benommen saß sie da und stierte mit den Tränen kämpfend vor sich hin. Wenn es einen Menschen auf dieser Welt gab, den sie vorbehaltlos liebte, dann war es ihre Tochter. Warum um alles in der Welt gelang es ihr dann nicht, Clarissa dies auch spüren zu lassen? Nur ihren Beruf dafür verantwortlich zu machen wäre unaufrichtig gewesen, wie ihr jetzt klar wurde. Denn wenn ihre Gedanken wirklich bei Clarissa gewesen wären, hätte sie sie mit dem Apparat in der Polizeistation angerufen. Und dies nicht nur, um ihr zu erklären, dass ein Gespräch per Handy momentan nicht ratsam war, sondern einfach deswegen, weil sie das Bedürfnis hatte, sich mit ihrer Tochter auszutauschen. Stattdessen hatte sie darauf gewartet, dass Clarissa diesen Schritt unternahm. Und wozu hatte das geführt?

Wütend über sich selbst fuhr sie fort, sich das Haar mit dem Handtuch zu trocknen, wobei sie nicht gerade sanft vorging. Nur den Arbeitsplatz und den Wohnort zu wechseln reichte nicht aus, um etwas in ihrem Leben zu verändern, wurde ihr bewusst. Diese Veränderung musste in ihr selbst stattfinden – und sie musste sie auch wollen!

Kapitel 7

In der Nacht wachte Ruth plötzlich auf. Von einem Moment auf den anderen war sie hellwach.

Dieses Phänomen kannte sie bereits. Es verging kaum eine Nacht, in der sie nicht ohne ersichtlichen Grund plötzlich aufwachte und dann mindestens eine Stunde lang nicht mehr einschlafen konnte. Sie hatte gehofft, dass dies eines der Dinge sein würde, die sich für sie in Greetsiel änderten.

Sie drehte sich zu ihrem Reisewecker um und schaltete die Beleuchtung ein. »Drei Uhr morgens«, nuschelte sie zerknirscht. »Die übliche Uhrzeit also.«

Sie legte sich auf den Rücken und starrte in die Dunkelheit. *Was hast du erwartet?*, dachte sie. *Dies ist die erste Nacht ...*

Sie furchte die Stirn, denn plötzlich erinnerte sie sich an einen Fetzen aus ihrem Traum. Das war neu. Sonst erinnerte sie sich nie an ihre Träume, wenn sie um diese Uhrzeit aufwachte.

Sie versuchte das Traumbild festzuhalten und sah das Gesicht des Kapitäns der Wasserschutzpolizei vor sich.

Ihr Mund verzog sich zur Andeutung eines Lächelns. Dieser Mann hatte offenbar Eindruck auf sie gemacht. Wie lautete gleich nochmal sein Name?

»Felix«, murmelte sie schlaftrunken. »Felix Seitz.«

Neugierig versuchte sie sich Einzelheiten aus diesem Traum zu vergegenwärtigen. Doch es gelang ihr nicht. Das Traumgespinst blieb ungreifbar und nebulös. Allerdings bemerkte sie, wie der Schlaf sie nun zu übermannen drohte, während sie sich an den Traum zu erinnern versuchte. Mit dem sympathischen Gesicht des Kapitäns vor dem inneren Auge schlief sie schließlich erneut ein.

*

Als Ruth das nächste Mal die Augen aufschlug, war es das Klingeln des Weckers gewesen, das sie geweckt hatte. Es war sieben Uhr morgens. Ein neuer Arbeitstag brach an!

Ruth stand auf und stellte überrascht fest, dass sie sich recht ausgeschlafen und ausgeruht fühlte. Draußen schien die Sonne; die Regenwolken hatten sich im Laufe der Nacht verzogen.

Sie wollte sich gerade ins Badezimmer begeben, als ihr Blick auf ihr Handy fiel, das neben dem Wecker auf dem Nachttisch lag. An die Falle, die sie MaxiMumm gestellt hatte, hatte sie in der Nacht keinen einzigen Gedanken mehr verschwendet. Auch über die laufende Ermittlung hatte sie nicht nachgegrübelt, wie es sonst immer der Fall gewesen war, wenn sie nachts wachgelegen hatte.

Sie schnappte sich das Gerät und entsperrte es.

»Ha!«, rief sie triumphierend aus, als das Programm, das Jens ihr zugänglich gemacht hatte, sie mit einer kurzen Textnachricht darauf aufmerksam machte, dass es auf ihrem Handy einen unautorisierten Zugriff gegeben hatte.

Sie öffnete das Programm, um sich ein genaueres Bild von dem Hacker-Angriff zu machen. Der Angreifer hatte im Laufe der Nacht einmal auf ihr Handy zugegriffen und dabei Dateien durchforstet.

»Dieser kleine elende Schnüffler. Gleich habe ich dich.« Ruth rief die in das Programm integrierte Ortungsfunktion auf, wurde aber herbe enttäuscht. Das Gerät, mit dem der Angriff auf ihr Handy durchgeführt worden war, konnte von dem Programm nicht lokalisiert werden.

Ruth furchte die Stirn. Wie war das möglich? Während des unautorisierten Zugriffs müsste sich das Spionageprogramm doch automatisch auf das Gerät des Hackers übertragen haben. Warum also erhielt sie keine Mitteilung über den Standort des Übeltäters?

Verärgert warf sie das Handy aufs Bett. Ihr technisches Verständnis reichte nicht aus, um diese Ungereimtheit zu erklären, musste sie sich eingestehen. »Das muss Jens mir erläutern«, sprach sie zu sich selbst.

Entschlossen, sich ihre gute Laune nicht verderben zu lassen, machte sie sich daran, sich für den Tag zurechtzumachen.

Als sie sich in den Frühstücksraum begab, waren dort bereits einige Gäste anwesend. Nach Max Rubens sah sie sich jedoch vergeblich um. Sie bediente sich am Büffet und nahm dann an dem letzten noch freien Tisch Platz. Als Herta einen Blick in den Raum warf, um sich zu vergewissern, dass es ihren Gästen an nichts fehlte, winkte Ruth sie zu sich und erkundigte sich nach Max' Verbleib.

»Der ist heute Morgen mal wieder in aller Herrgottsfrühe zu einer Fahrradtour aufgebrochen«, berichtete die Pensionsbesitzerin.

Ruth horchte auf. »Mal wieder?«, hakte sie nach. »Gestern also auch?«

Herta nickte bestätigend. »Ich hatte ihm noch gesagt, er soll eine Jacke überziehen. Es ist noch recht frisch draußen um diese Uhrzeit, müssen Sie wissen.«

»Hat er gesagt, wo er hinwollte?«

»Wann – gestern?«

Ruth nickte.

»Er wollte ans Meer. Sich das Watt ansehen.«

»Und heute? Wohin wollte er heute?«

»Das weiß ich nich«, gab Herta bedauernd zurück. »Er wirkte ziemlich tüttelig, wenn Sie mich fragen. Irgendwie durch den Wind.« Sie winkte ab. »Aber dat is ja kein Wunder. Sie haben's ja selbst gesehen: So oft, wie der mit seinem Handy rumdaddelt – das kann ja nich gesund sein.« Sie sah Ruth stirnrunzelnd an und beugte sich dann vertrauensselig zu ihr hinunter. »Haben Sie den Kleenen polizeitechnisch etwa auf dem Kieker?«, fragte sie mit gedämpfter Stimme.

»Keineswegs«, versicherte Ruth zurückhaltend. »Es kommt mir nur so vor, als bräuchte Max jemanden, der sich ab und zu mal um ihn kümmert.«

»Ja, das denke ich auch.« Herta richtete sich auf und lächelte liebenswürdig auf Ruth herab. »Gegen die mütterlichen Gefühle kommt man einfach nich gegen an, stimmt's? So sind wir Mütter nun mal.«

Ruth erwiderte das Lächeln und kam sich dabei nicht einmal verlogen vor. Sie hatte tatsächlich den Eindruck gehabt, dass Max ein wenig vernachlässigt und verloren wirkte. Das änderte aber nichts daran, dass er für seine Taten zur Verantwortung gezogen werden musste. Wenn es sich bei ihm tatsächlich um MaxiMumm handelte, wofür einiges sprach, musste ihm das Handwerk gelegt werden!

Ruth bedankte sich bei Herta für die Auskunft und widmete sich erneut ihrem Frühstück. Zwanzig Minuten später machte sie sich auf den Weg zur Polizeistation. Ihr Auto ließ sie stehen, denn sie wollte die kurze Strecke lieber zu Fuß zurücklegen.

*

Als Ruth die Polizeistation betrat, wurde sie von Alice Bergmann, die hinter dem Empfangstresen saß, höflich begrüßt. »Keine besonderen Vorkommnisse bisher«, berichtete die junge Streifenpolizistin, stand auf und klappte den beweglichen Teil des Tresens hoch, damit Ruth passieren konnte. »Hagen ist schon seit einer Dreiviertelstunde wie besessen am Arbeiten«, fügte sie hinzu, während Ruth sich durch den Durchgang schob.

»Ist sein erster Mordfall«, merkte die Hauptkommissarin an, als würde das den Eifer des jungen Ermittlers hinlänglich erklären.

»Den er in nächster Zeit unbedingt als aufgeklärt zu den Akten legen will«, vervollständigte Alice gut gelaunt.

»Das möchte ich ebenfalls.« Ruth schritt auf die Verbindungstür zu, öffnete sie und trat ein. Verwundert blieb sie stehen. Vor der antiken Anrichte am gegenüberliegenden Ende des Raumes hatte Hagen eine auf einem Rollgestell ruhende Stellwand aus transparentem Plexiglas aufgebaut. Fotos und Dokumente waren mit Klebeband darauf befestigt worden. Hagen war gerade damit beschäftigt, mit einem blauen Marker etwas auf die transparente Platte zu schreiben. Er war so sehr in seine Arbeit vertieft, dass er seine Partnerin gar nicht bemerkt zu haben schien.

Den Blick auf die Tafel gerichtet, legte Ruth ihre Handtasche auf ihren Schreibtisch ab. »Sie waren ja schon recht fleißig«, lobte sie zurückhaltend.

Hagen schaute über die Schulter hinweg kurz zu ihr hin. »Die Spurensicherung und der Rechtsmediziner haben uns ihre Berichte heute Morgen zugeschickt«, erläuterte er. »Ich arbeite deren Erkenntnisse gerade in das Schaubild ein.«

Ruth trat neben ihn. »Wo haben Sie diese Tafel denn so plötzlich hergezaubert?«

Hagen deutete mit dem Stift zur Zimmerdecke hinauf. »Die habe ich im Materiallager gefunden.«

Ruth verschränkte die Hände vor der Brust. »Dann bringen Sie mich mal auf den neuesten Stand, Hagen.«

Der Kommissar räusperte sich. »Gut«, sagte er gefasst und betrachtete die Tafel, als überlegte er, wo er beginnen sollte. Schließlich zeigte er mit dem Stift auf ein Foto des Toten. »Christian Hellmann wurde dem Gerichtsmediziner zufolge zwischen drei und vier Uhr morgens getötet. Doktor Fixlmillner vermutet, dass ein Fischmesser als Tatwaffe gedient hat.«

»Haben die Kollegen von der Spurensicherung auf dem Kutter etwas Entsprechendes gefunden?«, unterbrach Ruth ihren Partner.

»Nein. Es wurden zwar ein paar Messer sichergestellt. Aber keines davon kommt als Tatwaffe infrage.«

»Wie sieht es mit den Ausweispapieren des Opfers aus? Wurden die inzwischen gefunden?«

»Negativ. Weder an Bord der *Greete 3* noch in der Wohnung von Herrn Hellmann wurde ein Personalausweis oder eine Geldbörse gefunden. Das Handy des Opfers ist ebenfalls unauffindbar. Dass er eins gehabt hatte, wissen wir von Alice, die Frau Kunz während der Autofahrt nach Manslagt ein wenig ausgefragt hat.«

Ruth furchte die Stirn. »Dann hat der Täter womöglich diese Dinge. Oder er hat alles zusammen mit der Tatwaffe ins Meer geworfen.«

»Oder aber die Person, die die Leiche gefunden hat, hat dem Opfer diese Gegenstände abgenommen«, ergänzte Hagen.

Ruth nickte. »MaxiMumm. Warum sollte der Ihrer Meinung nach Interesse am Portemonnaie des Opfers oder seinem Handy gehabt haben?«

»Diese Gegenstände könnten MaxiMumm als Trophäe dienen. Womöglich war er aber auch nur knapp bei Kasse und hat dem Opfer deshalb das Portemonnaie abgenommen. Ich kann mir auch gut vorstellen, dass das Handy des Toten für diese Person von einigem Wert gewesen ist. Die Dateien eines Toten zu besitzen könnte eine Art morbide Faszination befriedigt haben.«

Ruth ließ den Zeigefinger kreisen. »Weiter«, sagte sie. »Beißen wir uns nicht an diesen Gegenständen fest, die der Täter womöglich nur deshalb ins Meer geworfen hat, um eine Identifizierung der Leiche zu erschweren.«

Hagen wandte sich einer Seekarte zu, die das Gebiet vor der ostfriesischen Küste darstellte. »Ich habe mir die Mühe gemacht, anhand des Fundortes der *Greete 3* und anhand der Strömungsverhältnisse eine ungefähre Route des antriebslos dahintreibenden Fischkutters aufzuzeichnen. Und zwar bis zu dem Zeitpunkt zurückgerechnet, als Christian Hellmann ermordet wurde.«

Ruth war erstaunt. »Ist sowas denn überhaupt möglich?«

Hagen sah ein wenig stolz aus. »Heutzutage liefern die in die Schiffe eingebauten Transponder diese GPS-Daten. Die *Greete 3* war jedoch nicht mit einem solchen Gerät ausgestattet. Darum musste ich den Kurs eigenständig ausrechnen. Kapitän Seitz hat mir die dafür erforderlichen Daten zur Verfügung gestellt.« Mit dem Stift zeichnete er die Linie nach, die er auf der Seekarte eingetragen hatte und welche die mutmaßliche Route des Fischkutters anzeige.

»Eine beachtliche Fleißarbeit«, zeigte sich Ruth beeindruckt. »Ich frage mich nur, wozu diese Information in unserem Fall nützlich sein soll?«

Hagen wirkte einen Moment lang wie aus dem Konzept gebracht. »Nun ja, ich wollte herausfinden, ob die *Greete 3* von anderen Schiffen, die in diesem Gebiet unterwegs waren, eventuell gesichtet wurde. Wir hätten dann bei den betreffenden Schiffen nachfragen können, ob den Leuten bezüglich der *Greete 3* irgendetwas Verdächtiges aufgefallen war.«

»Und?«, hakte Ruth nach, die an der Wortwahl des jungen Mannes bereits zu erkennen glaubte, dass seine Nachforschungen nicht von Erfolg gekrönt gewesen waren. »Hätte der Fischkutter von anderen Schiffen aus denn gesichtet werden können? Zwischen drei und vier Uhr morgens?«

»Nein«, sagte Hagen zerknirscht. Er ließ die Schultern hängen. »Um diese Uhrzeit gab es in diesem Abschnitt keinerlei Schiffsverkehr. Ich fürchte, ich habe mir die Arbeit ganz umsonst gemacht.«

Ruth tätschelte begütigend seine Schulter. »Machen Sie sich nichts draus. Jedenfalls wissen wir jetzt, dass wir nicht darauf hoffen dürfen, dass es auf dem Meer irgendwelche zufälligen Zeugen der Mordtat gegeben hat.«

Hagen nickte gefasst. »Ja, immerhin etwas.«

Ruth wandte sich erneut der Tafel zu. »Wir müssen diese Sache anders angehen«, sagte sie. »Fest steht, dass Christian Hellmann nicht allein auf dem Kutter gewesen sein kann. Der Hafenmeister hat zwar ausgesagt, dass Christian ohne Begleitung zur Fangfahrt aufgebrochen war, dennoch muss sich zwischen vier und fünf Uhr morgens mindestens eine weitere Person an Bord aufgehalten haben.«

»Der Mörder nämlich«, pflichtete Hagen bei.

»Die Frage ist nur, wie er auf den Fischkutter gelangt ist und wie er nach dem Mord die *Greete 3* anschließend verlassen hat. Letzteres muss auf hoher See vonstattengegangen sein, denn der Kutter war verlassen, als er von der Wasserschutzpolizei im Meer treibend gefunden wurde.«

»Eine verzwickte Sache.«

»Haben unsere Kollegen von der Spurensicherung irgendetwas entdeckt, das Licht in dieses Dunkel bringen könnte?«, erkundigte sich Ruth.

Hagen warf einen Blick auf die Tafel. »An Bord des Kutters wurden Fingerabdrücke von mehreren fremden Personen sichergestellt«, berichtete er. »Aber die Prints konnten keiner Person zugeordnet werden, was bedeutet, dass es sich um Leute handelt, die noch nie polizeidienstlich erfasst wurden.« Hagen legte den Finger auf den Bericht, den er unten an die Tafel geklebt hatte. »Unseren Kollegen ist allerdings aufgefallen, dass einige Bereiche an Deck der *Greete 3* offenbar abgewischt und gereinigt wurden. Wahrscheinlich, um Spuren zu beseitigen.«

»Was hat die Durchsuchung des Steuerhauses ergeben?«, erkundigte sich Ruth. »Dort scheint jemand ja ziemlich gewütet zu haben.«

»Es deutet einiges drauf hin, dass das Steuerhaus rabiat durchsucht wurde«, bestätigte Hagen. »Bei der Sichtung der verstreut herumliegenden Unterlagen wurde von unseren Kollegen festgestellt, dass das Logbuch der *Greete 3* und sämtliche Unterlagen, die den Fang dokumentieren, fehlen.«

Ruth rieb sich nachdenklich das Kinn. »Fassen wir also zusammen: An Bord der *Greete 3* wurden Spuren beseitigt, das Logbuch und andere Dokumente wurden gestohlen und der gefangene Fisch ist aus den Kisten verschwunden.«

»Und wir wissen nicht, wie der Mörder an Bord gelangte und wie er die *Greete 3* nach der Tat wieder verlassen hat«, ergänzte Hagen.

»Geschwommen wird er wohl nicht sein«, überlegte Ruth laut.

Hagen lachte auf. »Das halte ich für nahezu ausgeschlossen.«

»Dann ist also mindestens ein weiteres Boot im Spiel gewesen.«

»Zweifellos«, war Hagen überzeugt. »Der Mörder brauchte eines, so viel steht schon mal fest.«

»Bleibt noch die Frage zu klären, was mit den Fischen in den Kisten passiert ist.«

»Die wurden entweder zurück ins Meer gekippt oder in ein anderes Boot umgeladen«, mutmaßte Hagen.

»Was ist mit den Fischen in den Netzen?«, fragte Ruth. »Warum wurden die nicht auch abgeholt oder ins Meer geworfen?«

»Die Handhabung dieser Schleppnetze ist nicht ganz einfach«, erläuterte Hagen. »Ganz zu schweigen von der Bedienung der motorisierten Seilwinden. Jemand, der keine Ahnung davon hat, wird diese Netze voller Fisch kaum einen Zentimeter vom Fleck bewegen können.«

»Wir haben es also mit einem Mörder zu tun, der nicht viel Ahnung vom Fischfang hat. Auf der anderen Seite hat er den Fang in den Kisten womöglich aber von der *Greete 3* in sein eigenes Boot verfrachtet oder ins Meer gekippt.«

Hagen fiel anscheinend nichts Ergänzendes dazu ein, denn er schwieg.

»Wie lange, glauben Sie, hätte es gedauert, den Fang auf offener See von einem Boot in ein anderes zu verladen?«, stellte Ruth ihm eine Frage.

Der Kommissar zuckte vage mit den Schultern. »Kommt drauf an, wie viele Leute mit anpacken.«

»Nehmen wir mal an, es wäre nur eine Person gewesen.« Ruth deutete auf den Tresor. »Das Bargeld, das Sie in Christians Wohnung gefunden haben, könnte ein Indiz dafür sein, dass er regelmäßig mehr Fisch gefangen hat, als es die Quote erlaubt, und diesen dann auch veräußert hat. Die Übergabe hätte auf dem Meer stattfinden müssen, denn im Hafen von Greetsiel wäre ihm der Hafenmeister schnell auf die Schliche gekommen.«

Hagen hatte konzentriert zugehört und nickte jetzt. »Nehmen wir also an, dass der Abnehmer dieser Fische immer allein gewesen war, wenn er auf offener See mit seinem Boot bei der *Greete 3* längsseits gegangen ist«, führte er Ruths Überlegungen fort. »Dann hätten für das Verladen der Fische zwei Personen zur Verfügung gestanden.«

»Diesmal vielleicht aber nicht«, gab Ruth zu bedenken.

Hagen nickte verstehend. »Es könnte nur einer gewesen sein, weil Christian zuvor ermordet wurde.« Er überlegte kurz. »Ich denke, dass ein Mann allein etwa zwei Stunden brauchen würde, um den in den Kisten befindlichen Fang von einem Boot in ein anderes umzuladen. In der vergangenen Nacht war es zwar windstill, aber die Nordsee ist immer unruhig und in Aufruhr. Das Umladen ist folglich kein leichtes Unterfangen.« Er rieb sich den Nacken. »Also ja – zwei Stunden wird diese Aktion in etwa gedauert haben, wenn sie von nur einer Person durchgeführt worden ist.«

Ruth widmete sich noch einmal der Seekarte, betrachtete die Route des dahintreibenden Kutters genauer.

»Wer immer diesen Fisch von Bord der *Greete 3* geschafft hat, ist in unserem Mordfall also dringend tatverdächtig«, stellte Hagen noch einmal für sich selbst fest.

Ruth zeigte auf die Leybucht. Dort war die *Greete 3* eine Weile in der Strömung getrieben, bevor sie dann Richtung Nordwesten abdriftete. »Hier ist der Fischkutter der Küste recht nahe gekommen«, stellte sie fest. »Um wie viel Uhr ist das in etwa gewesen?«

»Da muss ich in meinen Berechnungen nachsehen.« Hagen holte sein Handy hervor und blätterte die Dateien durch. »Diesen Bereich muss die *Greete 3* zwischen sechs und sieben Uhr morgens passiert haben«, erklärte er schließlich.

Ruth tippte mit dem Zeigefinger gegen ihre Lippen. »MaxiMumm hat die Leiche um halb sieben gefilmt«, sagte sie, während sie den Finger leicht von ihrem Mund abspreizte. »Er könnte den Fischkutter von seinem Standort im Watt aus also gesehen haben. Vielleicht hat er etwas Verdächtiges bemerkt.«

»Das zweite Boot zum Beispiel!«, rief Hagen aus. »Es könnte noch dort gewesen sein, wenn wir unsere Berechnungen über die Dauer des Umladevorgangs zugrunde legen.«

»Wir müssen diesen MaxiMumm dringend in die Finger bekommen«, konstatierte Ruth.

»Diesen?«, stichelte Hagen. »Woher wollen Sie wissen, dass MaxiMumm ein Mann …«

»Ihre psychologische Einschätzung über das Geschlecht der Person, die diesen Nicknamen gewählt hat, hat mich eben überzeugt«, grantelte sie.

»So?« Hagen war anzusehen, dass er die Bemerkung nicht recht einzuordnen wusste.

Ruth tat ihr junger Kollege plötzlich ein wenig leid. Ihre schroffe, unnahbare Art bereitete ihm offenkundig Schwierigkeiten. »Verzeihen Sie«, sagte sie und berührte sanft seinen Oberarm. »Ich war nicht ganz aufrichtig zu Ihnen und habe Ihnen etwas verschwiegen.«

Jetzt war Hagen völlig verwirrt. »Was wollen Sie damit andeuten?«

»Ich bin mir ziemlich sicher, dass es sich bei MaxiMumm um einen Mann handelt, weil ich eine bestimmte Person in Verdacht habe, der Besitzer dieses Nicknamens zu sein. Es handelt sich um einen jungen Burschen namens Max Rubens. Er wohnt in derselben Pension wie ich.«

Ruth fand, dass es an der Zeit war, ihren Partner in ihren Verdacht und in die Maßnahmen einzuweihen, die sie getroffen hatte, um ihre Vermutung zu beweisen.

*

Der vor ihr stehenden Hauptkommissarin zugewandt, saß Hagen auf seinem Bürostuhl und machte ein nachdenkliches Gesicht. Aufmerksam und ohne seine Partnerin auch nur ein einziges Mal zu unterbrechen, hatte er ihren Bericht verfolgt.

»Davon hätten Sie mir früher erzählen müssen«, merkte er mürrisch an. »Teamarbeit scheint nicht zu Ihren Stärken zu zählen.«

»Ich habe Ihnen gestern bereits gesagt, dass ich mit Ihnen erst warmwerden muss«, versuchte Ruth sich zu rechtfertigen.

»Sie vertrauen mir nicht«, stellte Hagen missmutig fest.

Ruth machte eine hilflose Geste. »Ich kenne Sie einfach noch nicht gut genug. Geben Sie mir noch ein wenig Zeit.«

Hagen lächelte begütigend und breitete die Arme aus. »Also gut«, sagte er leichthin. »Nehmen Sie sich die Zeit, die Sie brauchen. Hauptsache, der Mörder entwischt uns nicht.«

»MaxiMumm kommt als Täter aber nicht infrage«, stellte Ruth klar.

»Aber er könnte nützliche Informationen haben; vorausgesetzt, unsere Spekulationen darüber, was sich wie, wann und wo auf dem Meer zugetragen hat, sind zutreffend.«

»Das werden wir herausfinden, wenn wir MaxiMumm in die Mangel nehmen.«

Hagen zuckte gelassen mit den Schultern. »Nur funktioniert dieses Spionageprogramm leider nicht, das Sie von Ihrem Kollegen aus Hamburg bekommen haben. Und wenn wir nichts in der Hand haben, um Max zu überführen, haben wir auch keine Handhabe, ihn festzusetzen. Ohne Beweise braucht er nur abzustreiten, dass er hinter den Aktivitäten von MaxiMumm steckt, und das war's dann.«

Ruth ging zu ihrem Schreibtisch hinüber. »Ich werde Jens anrufen und fragen, was mit dem Programm schiefgelaufen sein könnte.«

Hagen stand auf. »Ich vervollständige inzwischen das Schaubild. Offenbar waren meine Bemühungen ja doch nicht ganz nutzlos.«

»Das habe ich auch nie behauptet.« Ruth setzte sich und griff nach dem Telefon.

»Ne? Meine Berechnungen für die Route der im Meer treibenden *Greete 3* haben Sie für überflüssig befunden, wenn ich mich recht erinnere.«

»Was sie letztendlich aber nicht waren.« Ruth tippte Jens' Durchwahlnummer ein. »Lassen Sie sich in Ihrem Übereifer durch mich also bloß nicht bremsen, mein Lieber.«

»Übereifer«, giftete Hagen und verzog das Gesicht. Dann machte er sich mit dem Marker in der Hand an die Arbeit.

*

»Puh«, seufzte Ruth. Sie griff sich mit den Fingern in die Locken und schüttelte sie durch. Währenddessen trat sie von hinten auf den an der Plexiglaswand werkelnden Kommissar heran. »Ich hoffe, ich habe das alles richtig verstanden, was Jens mir da gerade erklärt hat.«

»Schießen Sie los«, forderte Hagen sie auf, während er das Foto des Toten mit einer Portraitaufnahme von Friedrich Hellmann mittels eines blauen Markerstrichs verband.

»Also«, begann Ruth. »Jens nimmt an, dass MaxiMumm den Angriff auf mein Handy von einem Laptop aus gestartet hat. Dabei wurde wie geplant Jens' Spionageprogamm auf das mich angreifende Gerät übertragen. MaxiMumm muss den Laptop dann aber ausgeschaltet haben. Vielleicht sogar, während die Installation des eingeschleusten Programms noch lief. Das Spezialprogramm auf meinem Handy kann das Gerät, mit dem ich angegriffen wurde, aber nur orten, wenn das Spionageprogramm komplett installiert wurde und der Laptop auch eingeschaltet ist.«

»Klingt plausibel«, merkte Hagen wie beiläufig an.

Ruth stemmte die Hände in die Hüften. »Ach ja? Wie schön für Sie!«

»Wir müssen also abwarten, bis MaxiMumm seinen Laptop wieder einschaltet und die Programminstallation abgeschlossen wurde«, fasste er noch einmal zusammen, wobei sein Tonfall keinen Zweifel daran aufkommen ließ, dass er dies ausschließlich für ein besseres Verständnis seiner in technischen Dingen nicht sehr bewanderten Partnerin tat. »Dann wird das Gerät einen Impuls senden, den Sie mit Ihrem Handy empfangen können. Dieser Impuls verrät Ihnen dann, wo der Laptop mitsamt dem daran herumdaddelnden MaxiMumm sich befindet.«

Ruth nickte zögernd. »So in etwa hat Jens es mir auch erklärt.«

»Nun – dann warten wir eben.« Hagen deutete auf die Schautafel. »Währenddessen können wir mit unseren Ermittlungen ja weitermachen.«

»Was schwebt Ihnen denn als nächster Schritt vor?«, erkundigte sich Ruth ein wenig überrumpelt.

Hagen deutete auf das Foto von Friedrich Hellmann. »Wir fühlen Christians Bruder auf den Zahn. Es muss noch geklärt werden, ob er in der Tatnacht tatsächlich zu Hause bei seiner schwangeren Frau gewesen ist.«

Ruth nickte. »In Ordnung. Diesmal setze ich mich aber ans Steuer des BMWs, verstanden?«

Hagen furchte missbilligend die Stirn. »Sie müssen auf Ihr Handy achten, falls MaxiMumm seinen Laptop einschaltet.« Er lächelte. »Also werde ich fahren.«

Kapitel 8

»Oh, Sie sind es.« Hagen räusperte sich und griff nach den Aufschlägen seiner Jacke. Dass Dünya Hennings die Haustür der Hellmanns öffnen würde, damit hatte er offenkundig nicht gerechnet.

Die zierliche junge Frau mit den blauschwarzen, glatten Haaren, die in der Türöffnung erschienen war, musterte den Ermittler mit ihren dunklen Augen interessiert. Ein amüsiert-erfreuter Ausdruck machte sich auf ihrem Gesicht breit. »Unser Retter«, sagte sie vergnügt. »Und seine besonnene Kollegin«, fügte sie dann mit einem Kopfnicken in Ruths Richtung hinzu.

»Wir … äh … wollten mit Friedrich Hellmann und seiner Frau sprechen«, erklärte Hagen.

»Ich fürchte, Herr Hellmann ist momentan außer Hauses«, erwiderte die Hebamme.

»Aber Frau Hellmann ist doch sicherlich da«, warf Ruth ein.

»Die stillt gerade.« Die Tür im Rücken trat Dünya beiseite. »Ich schlage vor, Sie warten so lange in der Küche, bis sie fertig ist.«

»Klar.« Hagen schritt über die Schwelle und kam Dünya dabei ziemlich nahe, was diese aber nicht im Mindesten zu stören schien. Beide sahen sich schweigend in die Augen und lösten den Blick dann leicht verlegen voneinander.

Ruth unterdrückte ein Lächeln und folgte ihrem Kollegen dann ins Innere des Hauses. Während sie in die Küche gingen, huschte Dünya rasch ins Wohnzimmer. Die gedämpften Stimmen zweier Frauen waren daraufhin zu hören. Kurze Zeit später erschien die Hebamme in der Küche.

»Es dauert nicht mehr lange«, erklärte sie und begann den Wasserkocher aufzufüllen. »Darf ich Ihnen inzwischen einen Tee anbieten?«

»Gerne«, platzte es aus Hagen hervor. Er nahm umständlich Platz, als Ruth eindringlich auf einen der Stühle zeigte. Sie hätte Dünya gerne um einen Kaffee gebeten, aber dafür war es jetzt zu spät.

»Kommen Sie von hier?«, fragte Hagen die Hebamme ungelenk.

Dünya sah ihn stirnrunzelnd an. »Ist das eine dieser Fragen, die darauf abzielen, meine Nationalität in Erfahrung zu bringen?«

»Was – nein«, beeilte sich Hagen zu versichern. »Ich meinte, ob Sie in Greetsiel wohnen.« Er lächelte. »Der Rest ist mir ziemlich egal.«

Sie widmete sich erneut der Teezubereitung. »Ja, ich wohne in Greetsiel«, sagte sie. »Ich unterhalte hier auch eine kleine Hebammenpraxis.« Sie warf ihm über die Schulter hinweg einen kurzen Blick zu. »Und Sie?«

»Ich … äh … wohne derzeit in Aurich … bei meinen Eltern.« Der letzte Zusatz ging ihm ein wenig schwer über die Lippen, als befürchtete er, diese Information könnte ihn in einem ungünstigen Licht dastehen lassen.

Dünya seufzte. »Sie Glücklicher. Meine Eltern leben beide weit weg im Ruhrpott. Das ist der einzige Nachteil, der sich für mich ergeben hat, als ich mich entschlossen habe, hierher zu ziehen.« Sie hatte kochendes Wasser auf die Teeblätter gegossen und drehte sich jetzt um. Mit dem Kreuz lehnte sie sich gegen die Anrichte. Dabei sah sie Ruth an. »Mögen Sie auch etwas von sich erzählen?«

Ruth zuckte mit den Schultern. »Ich bin hier gestrandet, so wie Sie auch.«

Dünya bekam einen träumerischen Gesichtsausdruck. »Gestrandet bin ich hier ganz sicherlich nicht. Ostfriesland hat es mir sehr angetan. Früher sind meine Eltern mit mir jeden Sommer hierher gefahren, um Urlaub zu machen. Seitdem kann ich mich des Zaubers dieser Landschaft nicht mehr erwehren. Vor zwei Jahren habe ich mich dann in Greetsiel angesiedelt. Ich kann mir auf der ganzen Welt keinen besseren Ort zum Leben vorstellen.«

Ruth lächelte ansatzweise. »Da muss es Sie ja schwer erwischt haben.«

Die Hebamme nickte und sah dann verstohlen zu Hagen hinüber. Sie schlug den Blick rasch nieder, als sie bemerkte, dass er sie ebenfalls ansah.

In diesem Moment schwang die Tür auf und Anette Hellmann schlenderte herein. Sie war in einen flauschigen Morgenmantel gehüllt, trug ihr Baby auf dem Arm und hatte einen müden, seligen Ausdruck auf dem Gesicht. Das Neugeborene schlief tief und zufrieden. »Moin«, grüßte sie in die Runde.

Die beiden Polizisten erwiderten den Gruß. Hagen stand zackig auf und rückte für die junge Mutter einen Stuhl zurecht. Mit einem dankbaren Lächeln auf den Lippen setzte sie sich und wiegte das Baby.

Ruth informierte Anette über den Grund ihres Besuches. Dünya zog sich daraufhin aus dem Raum zurück. »Ich erledige im Wohnzimmer noch ein wenig Schreibkram«, sagte sie und war weg.

»Was wollen Sie denn wissen?«, erkundigte sich Anette in geschäftsmäßigem Tonfall.

»Wir hätten diese Befragung gerne in Anwesenheit Ihres Mannes durchgeführt«, sagte Ruth. Ihr fiel ein Briefkuvert auf, das halb aus Anettes Morgenmanteltasche ragte. Die Rückseite des Umschlags mit dem Absender darauf war zu sehen. Es handelte sich um eine Adresse in Österreich, offenbar ein Institut, wie der förmliche Aufdruck vermuten ließ.

Als Anette bemerkte, dass Ruths Blick auf dem Brief ruhte, schob sie diesen tiefer in die Tasche hinein. »Friedrich ist leider mal wieder nicht zu Hause«, sagte sie. »Aber daran habe ich mich inzwischen gewöhnt.«

»War Ihr Mann vor zwei Nächten auch unterwegs?«, knüpfte Ruth an die Bemerkung an.

Anette sah zu ihr auf. »Nein, ich glaube nicht. Wieso fragen Sie?« Ihre Miene verfinsterte sich. »Verdächtigen Sie meinen Mann etwa, etwas mit dem Mord an seinem Bruder zu tun zu haben?«

»Diese Routinefragen müssen wir stellen«, warf Hagen ein, der sich um den Tee kümmerte, der inzwischen lange genug gezogen hatte.

Anette nickte verstehend. »Ich glaube, er war die ganze Nacht über bei mir. Beschwören kann ich es allerdings nicht, denn ich habe tief und fest geschlafen.«

»Wo hält sich Ihr Mann denn zurzeit auf?«, hakte Ruth nach. »Wir haben noch einige Fragen an ihn.«

Anette wirkte nicht sehr glücklich. »Wahrscheinlich ist er in seiner Werkstatt anzutreffen.« Sie zuckte mit den Schultern und fuhr dann fort, das schlafende Baby zu wiegen. »In der Saison gibt es für ihn ja ständig was zu tun.«

»Warum schickt er nicht die Vertretung, von der er gesprochen hat?«

»Jonas Feldersen?« Sie lächelte unbestimmt. »Der ist nicht besonders zuverlässig. Aus diesem Grund wollte Friedrich gestern auch unbedingt selbst zur Wohnung seines Bruders, um Ihnen aufzuschließen.«

Ruth und Hagen warfen sich einen kurzen Blick zu. Friedrich hatte ihnen etwas ganz anderes erzählt.

»Waren Sie damit denn nicht einverstanden?«, fragte Hagen, während er einen Becher mit dampfendem Schwarztee vor die junge Mutter hinstellte.

Anette sah den Becher verloren an. »Doris war doch erst ein paar Stunden alt – da hätte er ruhig einmal zu Hause bei seiner Familie bleiben können, nicht wahr?«

Ruth stand unvermittelt auf. »Wir haben Sie jetzt lange genug belästigt«, verkündete sie. Und an Hagen gerichtet fragte sie: »Sie wissen, wo wir die Werkstatt von Friedrich Hellmann finden?«

»Logisch«, erwiderte er. »Ich bin sehr gründlich, wenn ich recherchiere. Ich weiß alles über diesen Hausmeisterbetrieb.«

Anette sah beunruhigt zu den Ermittlern auf.

»Wo steckt eigentlich Susie?«, fragte Ruth, um die Frau auf andere Gedanken zu bringen. »Gestern hatte sie sich ja in einem Küchenschrank versteckt.«

Anette lächelte verklärt. »Keine Sorge. Die ist bei meiner Schwester und spielt dort mit ihrem Cousin.« Sie deutete mit einem Kopfnicken auf den Tee. »Wollen Sie denn nicht noch ein bisschen bleiben?«

Ruth lehnte mit einem Kopfschütteln ab. »Schwarztee ist nicht unbedingt mein Fall. Aber Ihre Hebamme wird sich sicherlich über eine Tasse freuen.« Sie gab Hagen ein Zeichen. Daraufhin verabschiedeten sie sich und verließen die Küche.

In der Tür drehte sich Ruth noch einmal zu der jungen Mutter um. »Was ich noch fragen wollte: Besitzt Ihr Mann ein Boot?«

Anette schüttelte den Kopf. »Er nicht. Aber ich. Es ist beim Leyhörner Außentief festgemacht. Ich hab's wegen der Schwangerschaft zuletzt aber kaum noch genutzt.«

Ruth nickte dankend und schloss zu Hagen auf, der auf dem Flur stehend auffällig zum Wohnzimmer hinüberspähte.

»Kommen Sie«, drängte Ruth. »Für ein Techtelmechtel mit der Hebamme ist jetzt keine Zeit. Wir haben zu arbeiten.«

Verdrossen trottete Hagen hinter seiner Partnerin her.

»Was können Sie mir über das Leyhörner Außentief sagen?«, fragte Ruth.

»Das ist eine Art Hafenbecken, das der Schleuse vorgelagert ist«, erklärte Hagen. »Die Anleger dort sind allerdings nur für kleine Boote geeignet.«

Ruth merkte auf. »Wenn diese Boote auslaufen, müssen sie die Schleuse also nicht passieren und werden auch nicht registriert«, schlussfolgerte sie.

»Das ist korrekt«, bestätigte Hagen.

Beim zivilen Einsatzwagen angekommen, warf er Ruth über das Wagendach hinweg einen fragenden Blick zu. »Sie mögen keinen schwarzen Tee?«, erkundigte er sich. »Nicht einmal die Ostfriesenmischung?«

Ruth zuckte bedauernd mit den Schultern. »Ich bin nun einmal eine Kaffeefanatikerin. Für Schwarztee kann ich mich nicht so recht begeistern. Ich hab's versucht – ehrlich. Doch der Funke ist noch nicht übergesprungen.«

Fassungslos schüttelte Hagen den Kopf und stieg ein.

*

Die Werkstatt befand sich am südlichen Rand von Greetsiel. Sie war in einem hohen, soliden Schuppen untergebracht, der an ein Rapsfeld grenzte. Vor dem Hintergrund des leuchtend gelb blühenden Feldes, das in hellen Sonnenschein gebadet betörend intensiv strahlte, wirkte der Holzschuppen äußerst malerisch und fast so trutzig wie eine Burg. Das scheunenartige Tor des Gebäudes stand weit offen und lärmende Maschinengeräusche hallten heraus.

Hagen hatte den BMW neben Friedrichs Firmenwagen geparkt. Als die beiden Ermittler nun aus dem Sonnenlicht kommend ins schattige Innere der Scheune traten, brauchten ihre Augen einen Moment, um sich an die neuen Lichtverhältnisse zu gewöhnen.

»Kann ich was für Sie tun?«, rief ihnen ein Mann im blauen Overall von einer Werkbank aus zu. Der Maschinenlärm ebbte ab und verhallte schließlich ganz.

»Wir wollen Herrn Hellmann sprechen«, erklärte Hagen, zückte seinen Dienstausweis und hielt ihn hoch.

Der Mann legte die Schleifmaschine, mit der er gearbeitet hatte, auf die Werkbank und schob sich die Schutzbrille in die Stirn. »Polizei«, stellte er fest und kam näher. Das strohblonde Haar stand wirr von seinem Kopf ab und die hellblauen Augen in dem braungebrannten Gesicht sprühten förmlich vor Lebensfreude. Bartstoppeln und Lachfalten ließen das sympathische Antlitz ein wenig verwegen erscheinen.

»Friedrich ist nicht hier«, informierte er die Polizisten, während er sich die Hände mit einem Lappen sauber wischte.

»Wo können wir ihn denn finden?«, fragte Hagen.

Der Mann zuckte mit den Schultern. »Er hat gemeint, dass er zu einem der Häuser muss. Welches genau es ist, weiß ich aber nicht.«

Ruth deutete nach draußen auf den Hof. »Und seinen Firmenwagen hat er einfach stehen gelassen?«

»Er ist mit dem Fahrrad los«, erklärte ihr Gegenüber.

»Wer sind Sie?«, erkundigte sich Hagen interessiert.

»Jonas … Jonas Feldersen.« Er streckte ihnen die Hand hin, bemerkte dann aber, dass sie noch immer schmutzig war, und zog sie mit einem entschuldigenden Lächeln zurück.

»Sie helfen in Herrn Hellmanns Hausmeisterbetrieb also aus«, stellte Hagen fest. »Offiziell ist für seine Firma aber kein Mitarbeiter oder Angestellter gemeldet.«

Jonas trat verlegen von einem Bein auf das andere. »Das läuft auch eher unter der Hand, wenn Sie wissen, was ich meine. So von Freund zu Freund. Geld bekomme ich eigentlich auch nicht für meine Arbeit.«

»Eigentlich?«, wiederholte Hagen.

Jonas nickte. »Eigentlich«, bestätigte er. »Wenn ich mal klamm bin, greift Friedrich mir natürlich unter die Arme. Als kleine Gegenleistung für meine Hilfe sozusagen.«

»Wahre Freundschaft also«, spottete Hagen. »Manche würden das auch als Schwarzarbeit bezeichnen.«

Jonas wiegte abwägend den Kopf hin und her. »Also, so würde ich das jetzt nicht nennen …«

Ruth hob beschwichtigend eine Hand. »Wir sind nicht vom Zoll, sondern ermitteln in einer Mordsache, Herr Feldersen.«

Ihr Gegenüber stieß hörbar Luft aus. »Puh, da bin ich aber froh. Ich will nicht, dass Friedrich wegen mir Ärger kriegt. Die Sache mit seinem Bruder ist schon schlimm genug für ihn.«

»Christians Tod beschäftigt ihn also?«, hakte Ruth nach.

Jonas sah sie befremdet an. »Natürlich. Was dachten Sie denn?« Er zögerte kurz und bewegte dann erneut abwägend den Kopf. »Naja, so ganz schlau werde ich aus ihm momentan nicht. Er … verhält sich irgendwie merkwürdig.« Er winkte ab. »Aber das ist ja auch verständlich. Vater zu werden ist schließlich nicht ganz einfach, auch wenn man das schon einmal durchgemacht hat.«

Ruth nickte freundlich. »Wenigstens hat er einen Freund an seiner Seite, der ihn versteht und unterstützt.«

Jonas bewegte verlegen den Arm. »Friedrich und ich, wir kennen uns ja auch schon eine Ewigkeit.«

In diesem Moment gab Ruths Handy ein kurzes, durchdringendes Signal von sich, das sie so von ihrem Apparat noch nie gehört hatte. »Entschuldigen Sie mich bitte.« Sie drehte sich weg und holte das Handy hervor. Auf dem Display war ein Symbol erschienen, das sie nicht kannte. Sie entsperrte den Apparat, woraufhin sich eine Map öffnete. Die Landkarte zeigte einen Ausschnitt des Ortes Greetsiel. In der Nähe des Hafens blinkte hektisch ein roter Punkt.

Im nächsten Moment begriff sie, dass Jens' Spezialprogramm aktiv geworden war.

»Hagen!«, rief sie ihrem Partner zu, der sich von Jonas gerade durch die Werkstatt führen ließ. »Wir müssen los.«

»Was ist denn?«, fragte dieser und kam auf sie zu.

»Nicht reden, sondern mitkommen.« Ohne weitere Erklärungen marschierte sie aus dem Schuppen hinaus.

»Richten Sie Herrn Hellmann bitte aus, dass wir ihm noch ein paar Fragen zu stellen haben«, rief Hagen Jonas zu, während er hinter Ruth her stiefelte. »Er soll sich bei uns melden.«

Jonas wedelte mit dem Putzlappen. »Jo, werde ich machen. Und viel Erfolg noch bei der Verbrecherjagd!«

»Ist irgendetwas vorgefallen?«, fragte Hagen, während er laufend zu Ruth aufschloss.

»MaxiMumm ist wieder aktiv«, sagte sie. »Wir müssen zu ihm, ehe er seinen Laptop erneut ausschaltet.«

»Wollen wir uns vorher nicht noch schnell in der Werkstatt umsehen?«, regte Hagen an.

»Warum sollten wir?«, fragte Ruth und ging weiter.

Sie erreichten den Dienstwagen, und Hagen deutete auf das Firmenauto des Hausmeisters. »Glauben Sie Jonas etwa? Der hat bestimmt gelogen, als er behauptet hat, dass Friedrich Hellmann mit dem Fahrrad zu einem der zu betreuenden Häuser gefahren ist. Bestimmt hat er uns mit dem Dienstwagen vorfahren sehen und sich daraufhin ...«

Ruth bedeutete ihm ungeduldig, das Einsatzfahrzeug zu öffnen. »Sie glauben, Friedrich würde sich in der Werkstatt vor uns verstecken?«

»Gut möglich.« Hagen entriegelte die Schlösser per Tastendruck.

Ruth zog den Wagenschlag auf und schüttelte nachsichtig den Kopf. »Ich glaube kaum, dass Jonas seiner Sorge über Friedrichs Verhalten

Ausdruck verliehen hätte, wenn dieser in Hörweite gewesen wäre. Das hätte sein Freund ihm bestimmt krummgenommen.«

Hagen blinzelte überlegend.

»Nun steigen Sie schon ein«, befahl Ruth und setzte sich. »Wir haben jetzt Wichtigeres zu tun, als uns über Friedrich den Kopf zu zerbrechen. Der wird uns schon nicht weglaufen.«

Hagen wirkte noch immer nachdenklich, als er sich hinter das Lenkrad schob und den Motor startete.

*

Der junge Kommissar stoppte den zivilen Einsatzwagen neben Ruths kirschrotem Up!.

Die Hauptkommissarin hatte während der Fahrt den Blick nicht von ihrem Handy gelöst. »Das Signal kommt tatsächlich aus der Pension«, stellte sie fest. »Ich lag mit meinem Verdacht also wohl richtig.«

Hagen nickte perplex. »Während der Suche nach dem Mörder von Christian Hellmann schnappen wir so nebenbei einen Cyber-Kriminellen. Nicht schlecht.«

»Noch haben wir ihn nicht.« Ruth stieg aus, das Handy wie ein Spürgerät vor sich haltend.

Im Eingangsbereich der Pension stießen sie auf Herta. Die Pensionsbesitzerin sortierte gerade den Ständer mit den Postkarten und Broschüren neu.

»Wissen Sie, wo Max sich aufhält?«, fragte Ruth sie, nachdem sie ihr ihren Kollegen vorgestellt hatte.

»Der sitzt im Frühstücksraum«, antwortete Herta offenherzig. »Heute Morgen hatte er ja nix gegessen, weil er mit dem Fahrrad unterwegs gewesen war. Ich hab natürlich ein Auge zugedrückt und ihm eben was aufgedeckt, obwohl die Frühstückszeit ja längst vorbei is.« Sie winkte ab und lächelte. »Er soll bei mir ja nich vom Fleisch fallen, nich wahr?«

Ruth bedankte sich und strebte, von Hagen dicht gefolgt, auf den Frühstücksraum zu. Max Rubens schraubte sich langsam aus seinem Stuhl empor, den Blick besorgt-ängstlich auf die Eintretenden gerichtet. Die Stimmen im Eingangsbereich hatten ihn offenbar alarmiert. Neben seinem Frühstücksteller stand ein aufgeklappter Laptop.

107

»Bleiben Sie ruhig sitzen«, wies Ruth den jungen Mann an. Noch immer hielt sie das Handy vor sich. Hagen scherte zur Seite aus, wie um dem Verdächtigen gegebenenfalls den Fluchtweg abzuschneiden, sollte dieser versuchen wegzurennen.

Aber Max ließ sich auf seinen Stuhl sinken. Er war um eine Spur bleicher geworden und beobachtete Ruth dabei, wie sie sich mit ihrem Handy seinem Laptop näherte.

»Es besteht kein Zweifel«, sagte sie und hielt den Apparat so, dass Max das Display sehen konnte. »Das Ortungssignal geht eindeutig von Ihrem Laptop aus.«

»Und sagen Sie uns jetzt nicht, das wäre nicht Ihr Computer!«, rief Hagen, der schräg hinter Max Stellung bezogen hatte.

Der junge Mann sah sich unruhig um. »Was … was soll das alles?«, fragte er beklommen.

Ruth nahm ihm gegenüber Platz. »Ich kann beweisen, dass Sie heute Nacht auf mein Handy zugegriffen haben. Des Weiteren habe ich Grund zu der Annahme, dass es sich bei Ihnen um den Internetaktivisten MaxiMumm handelt. Ihnen wird vorgeworfen, Daten von Polizeiservern gestohlen und veröffentlicht zu haben.«

Hagen trat mit einem raschen Schritt an den Tisch heran, schnappte sich den Laptop und klappte ihn zu. »Der ist konfisziert«, erklärte er, als Max wütend zu ihm aufblickte. »Ich denke, wir werden auf diesem Gerät alle nötigen Beweise finden, um Sie zu überführen, MaxiMumm.« Das letzte Wort stieß er mit einem Hauch von Ironie aus. Er streckte dem Sitzenden fordernd die Hand hin. »Ihr Handy, bitte«, befahl er.

Widerstrebend holte Max das Gerät aus einer der Aufnähtaschen seiner Kargo-Hose und legte es in Hagens offene Hand. Dann sah er Ruth mit finsterer Miene an. »Sie … Sie haben mich reingelegt«, stellte er leicht angesäuert fest.

Ruth lächelte unterkühlt. »Während des Hacker-Angriffs wurde ein Spezialprogramm der Polizei auf Ihr Gerät überspielt. Das hat mich jetzt zu Ihnen geführt.«

Max blies die Wangen auf und ließ hörbar Luft entweichen. »Ich fasse es nicht. Ausgetrickst von einer betagten Lady.«

Ruth zuckte gelassen mit den Schultern. »Machen Sie sich nichts daraus. Ich habe schon Verbrecher von ganz anderem Kaliber überführt und festgenommen. Im Vergleich dazu sind Sie nur ein kleiner Fisch.«

Max drückte sich ein Stück vom Tisch weg. »Bin ich jetzt etwa verhaftet?«

Ruth nickte. »Ihnen wird Computersabotage in mehreren schwerwiegenden Fällen zur Last gelegt.«

»Sie hatten den Kleenen also doch auf dem Kieker?«, drang Hertas Stimme zu ihnen herüber. Die Pensionsbesitzerin stand mit vor der Brust verschränkten Armen im Durchgang zur Küche. »Der hat mit dem Mord an diesem bedauernswerten Fischer aber sicherlich nix am Hut.«

Ruth wandte sich der Frau auf dem Stuhl sitzend zu. »Sie werden sicherlich verstehen, dass ich Sie über laufende Ermittlungen nicht in Kenntnis setzen kann.«

»Klar, dat versteh ich«, antwortete sie. »Aber Mord – kieken Sie sich den Kleenen doch mal an! Der kann keener Fliege was zuleide tun!«

»Herr Rubens hat mit dem Mord unmittelbar nichts zu tun«, beschwichtigte Ruth die Frau. »Davon bin ich überzeugt. Aber er hat andere Dinge getan, die nicht in Ordnung waren.«

Herta drohte der Hauptkommissarin nicht ganz ernst gemeint mit dem Zeigefinger. »Es war aber ganz schön hintertrieben von Ihnen, sich auf diese Weise bei mir einzumieten, nur um diesen armen Burschen dranzukriegen.«

»Ich hatte tatsächlich ein Zimmer gesucht«, stellte Ruth richtig. »Dass ich in Ihrer Pension auf einen Kleinkriminellen stoßen würde, hatte ich nicht im Mindesten geahnt.«

Max presste zerknirscht die Lippen aufeinander. »Ich habe mich durch mein Verhalten verraten, während ich eine Portion updrögt Bohnen gegessen habe«, dämmerte es ihm.

»Sie kamen mir suspekt vor«, bestätigte Ruth. »Aber das ist eigentlich nicht von Bedeutung. Viel schwerwiegender ist Ihr Hacker-Angriff auf mein Handy, den Sie vergangene Nacht durchgeführt haben.« Sie sah ihn böse an. »Wissen Sie, was das für ein Gefühl ist, zu wissen, dass ein Fremder unbefugt in den eigenen privaten Dateien herumgeschnüffelt hat?«

Max vollführte eine hilflose Geste. »Ich habe Ihr Handy nicht ausspioniert«, beteuerte er.

»Wollen Sie jetzt etwa anfangen zu leugnen?« Hagen hielt den Laptop hoch. »Vergessen Sie nicht, dass wir alles beweisen können.«

Max hielt den Blick auf Ruth gerichtet. »Ich habe Ihre Daten nicht angetastet, das müssen Sie mir glauben.«

Ruth lehnte sich auf ihrem Stuhl zurück. »Warum haben Sie denn sonst auf mein Handy zugegriffen?«

»Ich … ich habe Ihnen eine Videodatei auf Ihren Apparat überspielt«, erklärte er. »Mehr habe ich nicht getan, ehrlich.«

Ruth furchte die Stirn. Sie rief auf ihrem Handy den Ordner mit den Videodateien auf und stellte fest, dass in der Nacht tatsächlich eine Datei hinzugefügt worden war. »Was hat es mit dieser Datei auf sich?«, fragte sie. »Wollten Sie mir damit einen Virus unterjubeln?«

Max schüttelte heftig den Kopf. »Es handelt sich um die komplette Aufnahme, die ich im Watt von dem Toten gemacht habe«, erklärte er. »Im Internet habe ich nur einen kurzen Ausschnitt veröffentlicht.«

»Warum wollten Sie, dass ich diese Aufnahme bekomme?«, wollte Ruth wissen, deren Misstrauen noch nicht vollständig ausgeräumt war.

»Gestern wurde der Kutter des ermordeten Fischers in den Hafen geschleppt«, erklärte Max. »Dieses Boot habe ich nicht sehr weit von der Stelle entfernt auf dem Meer gesehen, wo ich den Toten fand.«

»Na und?«, rief Hagen dazwischen.

Max deutete auf Ruths Handy. »Sehen Sie sich den Film an, dann wissen Sie, warum ich wollte, dass Sie ihn bekommen.«

»Das könnte ein Trick sein«, warnte Hagen.

Max seufzte. »Ist es nicht.«

»Was gibt es denn so Besonderes auf diesem Film zu sehen?«, hakte Ruth nach.

»Ein zweites Boot, das bei der *Greete 3* festgemacht hatte.«

Einen Moment lang herrschte Stille.

»Wir sollten die Datei auf den Rechner der Polizeistation überspielen«, überlegte Hagen laut. »Dort haben wir mehr Möglichkeiten, etwaige versteckte Schadprogramme aufzuspüren und unschädlich zu machen.«

»Ich wollte Ihnen bei Ihren Ermittlungen nur helfen«, versicherte Max.

Hagen lachte freudlos auf. »Sie haben ein merkwürdiges Verständnis von Hilfe. Warum sind Sie nicht einfach zur Polizei gegangen, um dort das Material vorzulegen?«

»Ich wollte keine Schwierigkeiten bekommen, darum.«

Ruth bedeutete Hagen mit einer Geste, es gut sein zu lassen. Dann deutete sie auf die Frühstücksutensilien. »Sind Sie hier fertig?«

Max nickte beklommen, woraufhin Ruth aufstand. »Gut, dann kommen Sie jetzt bitte mit uns. Wir werden Sie in Gewahrsam nehmen. Der Richter wird später aufgrund der Indizienlage festlegen, wie mit Ihnen verfahren werden soll.«

Max nickte tapfer und stand auf.

»Moment mal«, begehrte Herta auf. »Kriegt der Kleene bei Ihnen denn überhaupt was Vernünftiges zu futtern?«

»Dafür wird gesorgt werden«, versicherte Hagen. Er klemmte sich den Laptop unter die Achsel und fasste Max am Oberarm, um ihn abzuführen.

Herta stemmte die Hände in die Hüften. »Ich bestehe drauf, ihm was zu essen in seine Zelle zu bringen. Immerhin ist er immer noch mein Gast.«

Ruth musterte die Frau. Herta wirkte wild entschlossen, ihrer Forderung so lange Nachdruck zu verleihen, bis sie ihr gewährt wurde.

»Also gut«, lenkte sie ein. »Sie dürfen Herrn Rubens Speisen in die Polizeistation bringen.«

»Drei Mal am Tag«, beharrte Herta und marschierte dann hinter dem Dreiergespann her nach draußen. »Max ist ein guter Junge, dafür habe ich ein Gespür. Sie dürfen ihn nicht zu hart anpacken, nur weil er einmal eine Dummheit gemacht hat.«

»Machen Sie sich keine Sorgen.« Ruth drückte Max' Kopf sanft, aber bestimmend nieder, damit er sich beim Einsteigen in den Fond des Einsatzwagens nicht den Schädel anschlug. »Wir werden gut auf Ihren Gast achtgeben.«

Wenig später fuhren sie davon. Herta sah dem sich entfernenden Wagen mit in die Hüften gestemmten Fäusten hinterher. Ruth verlor sie aus dem Blickfeld des Seitenspiegels, als Hagen mit dem BMW einer Straßenbiegung folgte.

Ruth war geneigt, der Einschätzung dieser bodenständigen Frau zu glauben, denn auch sie hatte im Grunde nicht den Eindruck, dass es sich bei Max Rubens um einen gewissenlosen Verbrecher handelte. Dennoch würde er sich für seine Taten verantworten müssen.

Kapitel 9

Nachdem sie Max in die Arrestzelle gesperrt hatten, überspielte Hagen die Videodatei von Ruths Handy auf seinen Bürorechner. Anschließend überprüfte er die Datei mithilfe eines Programms auf etwaige Schadsoftware. Das Video schien jedoch sauber zu sein, denn der Computer gab keine Warnmeldung von sich.

Gemeinsam setzten sich die beiden Kriminologen vor den Bildschirm. Hagen startete den Film mit der Bemerkung: »Dann sehen wir uns das Kuckucksei mal genauer an, das MaxiMumm Ihnen da ins Nest gelegt hat.«

Die ersten paar Sekunden der Aufnahme waren extrem verwackelt. Max hielt das Kameraauge seines Smartphones auf den Boden gerichtet. Die nass schimmernde, graue Oberfläche des Watts präsentierte sich auf dem Bildschirm. Deutlich war die charakteristische Rippenstruktur auszumachen und die kleinen wurstartigen Hügelchen, die die Wattwürmer auf dem Sand hinterließen. Dann kam die Leiche ins Bild. Erst ein von seichten Wellen umspülter Arm, dann der Rücken und schließlich der gesamte Körper. Der Tote lag in derselben Position da, in der Ruth und Hagen ihn ein wenig später dann vorgefunden hatten, nur dass das Meer zu diesem Zeitpunkt wesentlich weiter zurückgewichen war. Auf der Aufnahme leckten die Wellen noch über die Beine und den Unterleib.

Aus dem Lautsprecher drang gepresster Atem. Ab und zu keuchte Max und stieß eine undeutliche Verwünschung aus. Er war aufgeregt und zittrig, was der Aufnahme deutlich anzumerken war. Außerdem schien er aufgebracht, fast wütend. Dennoch achtete er darauf, dass nicht etwa seine Stiefel oder ein Finger versehentlich gefilmt wurden.

Mehrmals umrundete Max filmend den Leichnam. Das Patschen seiner Schritte war zu hören, als er durch das seichte Wasser watete. Hin und wieder schrillte der Schrei einer Möwe auf.

Als eine Welle den linken Arm des Mordopfers bewegte, gab Max ein erschrecktes Wimmern von sich und wich zurück. Dabei machte die Kamera ungewollt einen Schwenk über das Meer.

»Stopp!«, rief Ruth, als auf dem Bildschirm plötzlich ein Boot zu erkennen war.

Hagen reagierte prompt und der Film fror ein.

Aufmerksam betrachteten sie das Standbild. Ein Fischkutter, an dessen Seiten Schleppnetze an den Auslegern hingen, dümpelte auf dem Meer. Der rot lackierte Rumpf leuchtete in den Strahlen der Morgensonne besonders intensiv. Die Netze waren gefüllt, wie die beiden Polizisten deutlich erkannten.

»Können Sie diesen Ausschnitt bitte vergrößern«, forderte Ruth und zeigte auf den Kutter.

Hagen machte sich an der Tastatur zu schaffen, woraufhin das Boot plötzlich den gesamten Bildschirm ausfüllte. Bei Max' Smartphone musste es sich um ein hochwertiges Gerät handeln, denn obwohl das Objekt nun stark vergrößert dargestellt wurde, wirkte das Bild dennoch überraschend klar und nicht so stark verpixelt, wie Ruth es eigentlich erwartet hatte.

Dem Betrachter war die Steuerbordseite zugewandt. Der Name auf dem Bug war nicht zu entziffern, dafür reichte die Auflösung der Aufnahme dann doch nicht aus.

»Das muss die *Greete 3* sein«, zeigte Ruth sich dennoch überzeugt.

Hagen nickte beipflichtend. »Meinen Strömungsberechnungen nach hat sich das Boot von Christian Hellmann zu diesem Zeitpunkt auf Höhe der Leybucht aufgehalten.« Er zuckte mit den Schultern. »Aber das haben wir ja vorher schon gewusst. Bis jetzt gibt dieses Video nicht viel her.«

»Lassen Sie den Film weiterlaufen.«

Hagen drückte eine Taste. Das Bild sprang daraufhin zu seiner ursprünglichen Größe zurück und fing an, sich zu bewegen.

Max richtete das Objektiv jetzt erneut auf den Leichnam. »Warum passiert das ausgerechnet mir?«, drang seine Stimme gedämpft aus dem Lautsprecher des PCs. »Verdammt.« Ein unterdrücktes Schluchzen war zu hören. »Was soll ich denn jetzt nur machen?«

Die beiden Ermittler warfen sich einen kurzen Blick zu.

»Er ist ziemlich aufgewühlt«, stellte Hagen dann fest.

Ruth nickte kaum merklich. »Und das nicht nur, weil er eine Leiche gefunden hat, wie mir scheint. Er ist sich unschlüssig, wie er sich verhalten soll.«

Max fuhr noch mehrere Minuten mit dem Filmen des Leichnams fort. Als Ruth schon glaubte, dass der Film ihnen sonst nichts mehr zu bieten hatte, schwenkte das Kameraobjektiv noch einmal Richtung offenes Meer.

113

Diesmal stoppte Hagen die Aufnahme ohne Ruths vorherige Anweisung und vergrößerte den Ausschnitt mit dem Fischkutter darin.

Die *Greete 3* war um etwa hundertachtzig Grad herumgeschwenkt, sodass nun ihre Backbordseite zu sehen war – und die kleine Motorjacht, die dort festgemacht hatte.

Es handelte sich um eine dieser Jachten aus edlem Holz, die über ein nach hinten offenes Steuerhaus verfügten. Drei Bullaugen am Bug verrieten, dass sich dahinter eine Kajüte befand. Der Heckbereich des Bootes war wesentlich flacher als der Bug und nach oben offen. Vom Steuerhaus ausgehend spannte sich ein orangefarbenes Sonnensegel über diesen Bereich, den es aber nur zur Hälfte überragte. Das Dach des Steuerhauses war weiß, sodass sich im Zusammenspiel mit dem Sonnensegel ein farblich unharmonisches Bild ergab.

»Dort hält sich eine Person auf«, stellte Hagen fest und tippte mit dem Finger auf das Heck der Motorjacht. In dem Bereich, der nicht von dem Sonnensegel überspannt wurde, stand eine Person. Die Qualität der Vergrößerung reichte nicht aus, um sie deutlich zu erkennen. Doch wie es schien, hielt sie einen blauen Behälter empor, aus dem sich etwas silbrig Schimmerndes in den Heckbereich der Jacht ergoss.

Hagen ließ die Aufnahme Bild für Bild langsam abspielen.

Nachdem die Person den Behälter entleert hatte, schleuderte sie ihn über die Reling hinweg hinüber zum Fischkutter. Anschließend kletterte die Person an Bord der *Greete 3* und kam nach einer Weile mit einem weiteren Behälter beladen erneut zum Vorschein. Umständlich kletterte die Gestalt mit der Box, die einiges zu wiegen schien, zurück an Bord der Motorjacht und leerte die Kiste dort aus.

In diesem Moment brach die Aufnahme ab. Die Videodatei war bis zum Ende abgespielt worden.

»Da ist also der Fang aus den Plastikkisten der *Greete 3* geblieben«, resümierte Ruth.

Hagen spulte noch einmal zu der betreffenden Szene zurück und ließ sie erneut ablaufen. »Diese Person scheint allein zu agieren«, sagte er, während er den Bildschirm mit zusammengekniffenen Augen anstarrte. »Jedenfalls ist auf dem Film niemand zu sehen, der mit anpackt.«

114

»Der Mann, der hätte helfen können, liegt zu diesem Zeitpunkt ja auch tot im Watt der Leybucht.« Ruth lehnte sich auf ihrem Stuhl zurück und machte ein nachdenkliches Gesicht. »Wenn das unser Mörder ist, muss er Christian etwa zwei Stunden vorher getötet und über Bord geworfen haben. Dann erst hat er angefangen, den Fisch in seine Jacht zu verladen.«

»Leider befindet sich bei diesen Modellen der Name des Bootes auf dem Heck über der Schiffsschraube«, merkte Hagen an. »Und dieser Bereich ist nicht mit auf den Film gekommen. Es wird also nicht ganz leicht werden, diese Jacht zu identifizieren und aufzuspüren.«

»Den Namen hätten wir wahrscheinlich sowieso nicht richtig entziffern können.« Ruth stand auf, einen zufriedenen Ausdruck auf dem Gesicht. »Wie es aussieht, hat Herr Rubens uns mit dieser Videodatei einen wichtigen Hinweis geliefert.«

Hagen rieb sich die Augen, die vom Starren auf den Bildschirm ein wenig überanstrengt waren. Er wollte etwas erwidern, aber ein Klopfen an der Verbindungstür schnitt ihm das Wort ab.

»Herein!«, rief Ruth.

Alice steckte den Kopf durch den Türspalt. »Vor dem Empfangstresen steht ein Herr Friedrich Hellmann«, berichtete sie. »Er meint, dass Sie ihn zu sprechen wünschen.«

»Vorbildliches Verhalten«, lobte Ruth.

Alice schaute verdutzt drein. »Hatten Sie nicht damit gerechnet, dass Herr Hellmann unsere Polizeistation aufsuchen wird?«

»Ich spreche von Ihnen, Alice«, erwiderte Ruth zuvorkommend.

»Oh, Sie meinen, dass ich vorher angeklopft und auf Ihre Aufforderung gewartet habe, bevor ich hier hereingeplatzt bin?«

Die Hauptkommissarin nickte bestätigend.

»So gehört sich das hier anscheinend wohl.« Die Streifenpolizistin wirkte leicht zerknirscht. »Was soll ich mit Herrn Hellmann denn jetzt machen?«

»Bringen Sie ihn bitte in den Verhörraum«, wies Ruth sie an. »Wir werden uns gleich Zeit für ihn nehmen.«

Alice zog wortlos den Kopf zurück und schloss die Tür.

»Unser erstes Verhör«, freute sich Hagen und rieb sich die Hände. Er wollte aufstehen, doch Ruth bedeutete ihm, sitzen zu bleiben.

»Wir werden Friedrich noch ein wenig warten lassen«, beschied sie. »Das wird seiner Auskunftsfreudigkeit sicherlich zuträglich sein.

Außerdem haben wir sowieso noch ein bisschen Schreibarbeit zu erledigen.«

Um Geduld bemüht atmete Hagen tief durch. Anschließend rief er ein Formular auf, um einen Bericht über die Ergreifung von Max Rubens zu verfassen.

*

Als die beiden Ermittler das Verhörzimmer eine Viertelstunde später betraten, sah Friedrich, der auf einem einfachen Stuhl vor einem kleinen Tisch saß, nervös zu ihnen auf. »Na endlich!«, stieß er hervor und knetete seine Hände. »Anette und meine Kinder warten sicherlich schon auf mich.«

Ruth zog einen Stuhl unter dem Tisch hervor und nahm Friedrich gegenüber Platz. »Daran haben sie sich anscheinend längst gewöhnt.«

Friedrich sah sie verständnislos an.

Ruth lächelte liebenswürdig. »Dass Sie oft unterwegs und nicht zu Hause sind, meinte ich.«

»Oh, ja.« Friedrich nickte verlegen. »In der Saison bin ich immer sehr beschäftigt.«

Hagen lehnte sich aus Ermangelung eines weiteren Sitzmöbels mit dem Rücken an die Wand.

Das Verhörzimmer war nicht, wie sonst üblich, auf der einen Wandseite mit einem einseitig verspiegelten Fenster versehen, hinter dem sich ein weiterer Raum verbarg, von dem aus in das Zimmer hineingesehen werden konnte. Es gab allerdings eine Überwachungskamera, die zurzeit auch eingeschaltet war, wie ein rotes blinkendes Lämpchen verriet.

»Zunächst möchte ich mich bedanken, dass Sie unserer Aufforderung so zügig nachgekommen sind«, eröffnete Ruth das Gespräch förmlich.

Friedrich winkte verärgert ab. »Sie hätten ja sonst keine Ruhe gegeben und wären wieder bei mir zu Hause aufgetaucht.«

Ruth legte fragend den Kopf schief. »Darf ich erfahren, wer Ihnen mitgeteilt hat, dass wir Sie zu sprechen wünschen?«

Friedrich sah sie über den Tisch hinweg gereizt an. »Das wissen Sie doch bereits. Es war mein ... Mitarbeiter.«

Ruth legte die Hände auf die Tischplatte und faltete sie. »Es ist übrigens in Ihrem eigenen Interesse, dass diese Befragung hier bei uns stattfindet und nicht in Ihrem Haus.«

»So, warum denn das?« Friedrich klang nicht sonderlich interessiert.

»Weil die Fragen, die wir Ihnen stellen müssen, Ihre Frau und insbesondere Ihre Tochter Susie in Verlegenheit bringen könnten.«

Friedrich wirkte verwirrt. »Warum sollten sie?«

Hagen neigte sich leicht nach vorn. »Weil weder Ihre Frau noch Ihre älteste Tochter sicher bezeugen können, dass Sie in der Mordnacht tatsächlich zu Hause waren, Herr Hellmann.«

Ruth hob kurz die gefalteten Hände. »Sollten Sie erneut aussagen, dass Sie in jener Nacht tatsächlich die ganze Zeit zu Hause gewesen waren, müssten wir dieses Alibi überprüfen. Ich weiß nicht, wie Susie reagieren wird, wenn wir ihr eine entsprechende Frage stellen, denn sie glaubt, Sie in der fraglichen Nacht aus dem Haus gehen gesehen zu haben.«

Friedrich schnappte nach Luft.

»Das hat Susie uns unaufgefordert erzählt, als wir uns während der Geburt ihrer kleinen Schwester in der Küche aufgehalten haben«, kam Ruth einer möglichen Beschwerde seitens des Vaters zuvor. »Wollen Sie wirklich, dass wir Susie bitten sollen, diese Behauptung zu wiederholen, und in ihr dabei womöglich den Eindruck erwecken, ihr Vater würde die Polizei belügen?«

Friedrich sperrte den Mund auf und schloss ihn dann wieder. »Das … das …«, setzte er an.

»Wo waren Sie in der fraglichen Nacht, Herr Hellmann?«, fragte Ruth den Mann in sachlichem Tonfall.

»Ich … ich …« Friedrich ließ die Schultern hängen und starrte dann vor sich auf die Tischplatte. »Also gut. Ich habe mich aus dem Haus geschlichen«, räumte er ein und sah dann zu Ruth auf. »Aber das mache ich häufig.«

»So? Und aus welchem Grund?«

»Weil … ich arbeite da an einem speziellen Projekt.«

»Das müssen Sie uns schon ein bisschen genauer erklären«, forderte Hagen.

Friedrich seufzte genervt. »Ich stelle Skulpturen her … aus Schrottteilen, die während meiner Arbeit als Hausmeister anfallen.

Meist sind es Seepferdchen, Nixen oder Fische. Das weiß aber niemand. Und so soll es auch bleiben.«

Hagen trat an den Tisch heran. »Sie wollen uns also erzählen, dass Sie das Haus in jener Nacht verlassen haben, um an Ihren Skulpturen zu arbeiten?«

Friedrich nickte gereizt. »Das mache ich in einer kleinen Baracke, in der ich offiziell Schrott lagere. Wenn eine Skulptur fertig ist, bringe ich sie zu Malte Sinten. Das ist ein ortsansässiger Künstler, der Naturlandschaften malt. Der stellt meine Skulpturen in seinem Atelier oder im dazugehörigen Garten aus und verkauft ab und an auch mal eine an einen Touristen. Dass ich der Urheber dieser Plastiken bin, behält er unserer Absprache zufolge jedoch für sich. Stattdessen behauptet er, dass er sie gemacht hat.«

»Warum diese Bescheidenheit?«, hakte Ruth nach.

»Ich bin bloß ein Hausmeister und kein Künstler. Außerdem will ich meine Ruhe. Ich schweiße diese Skulpturen zusammen, weil es mich ungemein entspannt. Ich will da niemanden dabeihaben, der mir über die Schulter schaut. Und schon gar nicht meine Frau. Ich brauche diese Arbeit als Ausgleich, verstehen Sie?«

Hagen beugte sich vor, stützte sich mit beiden Händen auf dem Tisch ab und sah Friedrich eindringlich an. »Und diesen Ausgleich brauchten Sie in jener Nacht auch, obwohl bei Ihrer Frau die Geburtswehen jederzeit einsetzen konnten?«

Friedrich begann erneut seine Hände zu kneten. »Ich wusste nicht, wie ich meine Nervosität anders in den Griff kriegen sollte. Außerdem hatte ich mein Handy dabei. Ich wäre für Anette also jederzeit erreichbar gewesen.«

Ruth massierte sich bedächtig ein Ohrläppchen. »Es wird wahrscheinlich niemanden geben, der bezeugen kann, dass Sie sich in der fraglichen Nacht in Ihrer Baracke bei den Skulpturen aufgehalten haben«, mutmaßte sie.

Friedrich seufzte. »Genau so ist es.«

Hagen richtete sich auf. »Sie haben in der Nacht also Ihr Haus verlassen. Aber niemand kann bezeugen, wo Sie sich aufgehalten haben. Das ist nicht gut.«

»Ich habe meinen Bruder nicht umgebracht!«, rief Friedrich aufgebracht.

Ruth zog aus der Mappe, die sie mitgebracht hatte, einen Computerausdruck hervor und legte ihn Friedrich vor. Es handelte sich um eine

Aufnahme der Motorjacht, die an Backbord der *Greete 3* festgemacht hatte.

»Kennen Sie dieses Boot?«

Friedrich warf einen Blick auf das Bild und schüttelte dann den Kopf.

»Es hat keine Ähnlichkeit mit dem Boot, das Ihre Frau besitzt und im Leyhörner Außentief liegt?«

»Nicht im Geringsten!« Friedrich wirkte erstaunt darüber, dass dieses Boot überhaupt zur Sprache kam. »Annettes Kahn ist viel kleiner.« Er holte sein Handy hervor und suchte darauf nach einer Bilddatei. »Hier – das ist die *Wilde Braut*, das Motorboot, das ich meiner Frau zur Hochzeit geschenkt habe.«

Auf dem Display war ein etwa sechs Meter langes weißes Boot mit wuchtigem Außenbordmotor zu sehen. Das Steuerhaus bot kaum Platz für zwei Personen. Die schwenkbaren Sitze im Heckbereich wirkten allerdings sehr bequem und komfortabel. Daneben befanden sich Halterungen für Angeln und Kescher. Auf dem Bug prangte in verschnörkelten Buchstaben der Name des Bootes. Daneben befand sich die comicartige Darstellung eines aufreizenden Hula-Girls.

»Wann waren Sie mit diesem Boot zuletzt unterwegs?«, erkundigte sich Ruth unverfänglich.

»In diesem Jahr noch gar nicht«, antwortete Friedrich. »Ich mache mir nichts aus Angeln und begleite meine Frau daher äußerst selten.«

Ruth nickte bedächtig. »Sie ziehen es vor, sich mit Ihren Skulpturen zu beschäftigen, wenn Sie mal vom Alltag abschalten wollen.«

»So ist es.«

»Und wenn Ihre Frau mit dem Boot zum Angeln aufs Meer fährt, tut sie das ganz allein?«

»Meistens lässt sie sich von einer Freundin oder einem Bekannten begleiten, die sich fürs Angeln mehr begeistern können als ich.« Friedrich trippelte mit den Fingern auf der Tischplatte herum. »Ich halte die *Wilde Braut* für meine Frau jedoch in Schuss. Das ist mein Anteil, den ich dazu beitrage, damit sie ihr Hobby ausleben kann.«

Die Hauptkommissarin rückte mit dem Stuhl ein Stück vom Tisch ab. »Sie können jetzt gehen, Herr Hellmann.«

Leicht verunsichert erhob sich Friedrich. »Werde ich denn noch immer verdächtigt?«

»Bis jetzt haben Sie uns nichts geliefert, was Sie entlasten könnte«, gab Hagen zurück.

»Warum hätte ich meinen Bruder denn töten sollen?«, fragte Friedrich unwirsch.

Hagen ging zur Tür, um sie zu öffnen. »Sie und Ihr Bruder waren zerstritten. Und er hatte erhebliche Schulden bei Ihnen.«

»Die ich abschreiben kann, nun da er nicht mehr am Leben ist. Es wäre also unlogisch von mir gewesen, Christian deswegen umzubringen.«

»Sie haben doch sowieso nicht mehr daran geglaubt, dass Sie dieses Geld eines Tages je wiedersehen werden«, erwiderte Hagen ungerührt.

Friedrich winkte entnervt ab und schickte sich an, den Raum zu verlassen.

Ruth stand auf und geleitete den jungen Mann nach draußen.

»Was kann ich nur tun, um Ihren unsäglichen Verdacht, ich hätte meinem Bruder etwas angetan, zu zerstreuen?«, fragte Friedrich niedergeschlagen, als er und die Hauptkommissarin den Parkplatz der Polizeistation erreichten.

Ruth deutete auf den Firmenwagen des Hausmeisters. »Sie sind nicht mit dem Rad gekommen?«

Friedrich blieb neben der Fahrertür stehen. »Ich hatte ein paar Straßen weiter noch was Berufliches zu erledigen, bevor ich zu Ihnen gekommen bin.«

»Als mein Kollege und ich Sie heute Vormittag in Ihrer Werkstatt aufsuchen wollten, hat Ihr Mitarbeiter behauptet, Sie wären mit dem Fahrrad zu einem Kunden aufgebrochen.«

Friedrich winkte ab. »In Wahrheit war ich in meiner Baracke. Ich fahre immer mit dem Fahrrad dorthin, wenn ich an den Skulpturen arbeiten möchte. Wenn der Firmenwagen so oft vor der Baracke stehen würde, würde das Fragen aufwerfen. Schließlich glauben die Leute, ich würde dort nur Schrott aufbewahren.«

»Sie haben also nicht einmal Ihren besten Freund in Ihr kleines Geheimnis eingeweiht?«, hakte Ruth nach.

»Bester Freund?«

»Jonas Feldersen.«

»Ach der.« Friedrich holte den Autoschlüssel aus der Hosentasche. »Nein, der Einzige, der weiß, dass diese Skulpturen von mir sind, ist Malte Sinten. Wo ich sie herstelle, ist ihm allerdings auch nicht bekannt.«

Ruth erinnerte sich an die Blechschilder, mit denen die Skulpturen im Garten des Ateliers gekennzeichnet worden waren. »Es stört Sie wirklich nicht, dass dieser Künstler behauptet, er hätte diese Plastiken angefertigt?«

»Ich bin damit zufrieden, wie es ist«, versicherte Friedrich.

»Und Herr Sinten? Er muss doch befürchten, dass die wahre Urheberschaft der Skulpturen eines Tages aufgedeckt wird. Dann steht er als Betrüger da und sein Ruf ist ruiniert.«

Friedrich sah sie prüfend an. »Haben Sie etwa vor, etwas von dem durchsickern zu lassen, was ich Ihnen während der Befragung erzählt habe? Das wäre nicht in Ordnung.«

»Solange diese Angelegenheit für die Mordermittlung nicht relevant ist, sehe ich keinen Grund, warum ich es tun sollte.«

Diese Worte schienen Friedrich nicht zu beruhigen.

»Haben Sie Ihren Bruder eigentlich je auf einer Fangfahrt begleitet?«, wechselte Ruth plötzlich das Thema.

Der Hausmeister furchte verärgert die Stirn. »Offenbar sind Sie mit Ihrer Befragung noch nicht am Ende.«

»Beantworten Sie einfach meine Frage.«

»Ich sagte bereits, dass ich mir nichts daraus mache, Fische aus dem Wasser zu ziehen. Auch dann nicht, wenn dies als Gewerbe betrieben wird.«

»Wen hat Christian denn sonst mit aufs Meer genommen, wenn er mal Hilfe benötigte?«

Friedrich zuckte mit den Schultern. »Mal diesen, mal jenen. Meistens Leute, die kurzfristig einen kleinen Nebenjob brauchten. Christian konnte es sich nicht leisten, jemanden fest einzustellen.«

»Das können Sie anscheinend auch nicht«, merkte Ruth an.

Friedrich verzog das Gesicht. »Es ist mir ziemlich unangenehm, dass Sie das herausgefunden haben.«

»Haben Sie deshalb die Tür von Christians Wohnung aufgeschlossen, weil Sie verheimlichen wollten, dass Sie jemanden illegal beschäftigen?«

»Muss ich diese Frage beantworten?«

Ruth lächelte begütigend. »Das bleibt Ihnen überlassen.«

»Ich wollte Jonas da raushalten, weil er es sowieso schon schwer genug hat. Eigentlich beschäftige ich ihn nur, weil er mir ein bisschen leidtut und weil wir uns schon so lange kennen. Er ist ein leichtlebiger Sonnyboy. Doch das bewahrt ihn nicht vor Schwierigkeiten.«

Friedrich öffnete die Fahrertür des Kleintransporters. »Entschuldigen Sie mich jetzt bitte. Meine Familie wartet auf mich.«

Während Friedrich einstieg, hielt Ruth die Tür fest und warf über die Rückenlehnen der Sitze hinweg einen Blick in den hinteren Bereich des Fahrzeuges. Werkzeuge und Utensilienkästen reihten sich an der Seitenwand. Ein Industriestaubsauger und Stapel aus Handtüchern und Bettwäsche standen davor. Direkt neben der Schiebetür hing ein reich bestückter Schlüsselkasten. Die Schlüsselanhänger waren mit Zahlen versehen und an einem hing ein kleines Hula-Girl. Vom Bastrock des Hawaii-Mädchens und ihrem braunen Körper blätterte die Farbe ab.

»Grüßen Sie Ihre Frau und Susie von mir«, sagte Ruth, drückte die Wagentür zu und trat einen Schritt zurück. Sie wartete, bis Friedrich davongefahren war. Anschließend kehrte sie zurück in die Polizeistation.

*

Hagen saß vor dem Computerbildschirm und tippte mit fliegenden Fingern etwas in die Tastatur ein. Kurz sah er zu Ruth auf, als sie das Büro betrat.

»Ich habe in den elektronischen Polizeiarchiven mal nachgeschaut, ob Einträge über Max Rubens vorliegen«, berichtete er, während er mit seiner Tätigkeit fortfuhr. »Dabei bin ich auf einen Vermerk der Autobahnpolizei gestoßen. Vor etwa einem Monat ist Max verwarnt worden, weil er seinen Wagen auf der Standspur abgestellt hatte, um Handyaufnahmen von einem Verkehrsunfall zu machen. Ihm wird vorgeworfen, die Rettungskräfte und die Polizei in ihrer Arbeit behindert zu haben.«

Ruth nahm an ihrem Schreibtisch Platz. »Dieser Eintrag könnte der Grund dafür gewesen sein, dass Max den Fund der Leiche nicht persönlich der Polizei mitteilen wollte«, überlegte sie laut. »Diese Vorgeschichte hätte ihn in einem schlechten Licht dastehen lassen.«

»Oder er konnte der Versuchung einfach nicht widerstehen, die Aufnahmen, die er von der Leiche gemacht hat, unter seinem Nicknamen ins Internet zu stellen«, gab Hagen zurück.

»Ich werde die Schreibarbeit bezüglich dieses jungen Burschen übernehmen«, verkündete Ruth plötzlich und schaltete ihren Computer ein. Dabei bediente sie sich eines Tonfalls, der keine Widerrede duldete.

Hagen zuckte gleichmütig mit den Schultern. »Von mir aus. Ich bin sowieso gerade damit beschäftigt, eine Suchanfrage an alle Häfen entlang der Nordseeküste zu verschicken. Vielleicht kann die Motorjacht mithilfe des Standbildes aus Max' Video identifiziert werden.«

»Ausgezeichnet«, zeigte sich Ruth zufrieden. »Wenn Sie mit dieser Arbeit fertig sind, schauen Sie bitte, ob Sie in den Polizeiarchiven etwas über Malte Sinten oder Jonas Feldersen finden.«

Hagen sah interessiert zu ihr herüber. »Zählen die jetzt zu unseren Verdächtigen?«

»Etwas an diesen Männern kommt mir komisch vor«, antwortete die Hauptkommissarin ausweichend. »Ich bin mir nicht ganz sicher, was ich von ihnen halten soll. Der Vollständigkeit halber sollten wir da mal nachhaken.«

»Wir fischen also im Trüben«, stellte Hagen nicht ganz ernstgemeint fest.

»Wenn Sie es so nennen wollen«, sprang Ruth leicht angesäuert auf diese Bemerkung an. »Ich bezeichne dieses Vorgehen eher als Komplettierung des Gesamtbildes. Der verwaschene Bereich eines 360-Grad-Rundumbildes wird scharfgestellt, um die Ansicht und somit das Verständnis für das Vorliegende zu verbessern.«

Hagen warf seiner Kollegin einen schelmischen Blick zu. »Eine aufschlussreiche Formulierung«, merkte er an. »Ich werde versuchen, sie mir zu merken.«

»Es ging mir in diesem Fall mehr um den Inhalt und nicht um die Formulierung.«

»Den Inhalt habe ich aufgrund Ihrer Formulierung viel besser verstanden, sodass ich mich nun mit noch mehr Schwung an die Arbeit ...«

»Wollen Sie mich etwa ärgern?«, fuhr Ruth dazwischen. »Wir haben noch einiges zu erledigen – also halten Sie sich ran.«

Hagen lächelte vergnügt vor sich hin. Dabei bearbeitete er die Tastatur mit seinen Fingern auf eine Art und Weise, als wollte er einen Schnelligkeitsrekord brechen. Seine Partnerin aus der Reserve gelockt zu haben, schien ihm diebische Freude zu bereiten.

*

Am späten Nachmittag ließ Ruth sich von Alice und Hagen zu einer Tasse Tee überreden. Bevor sie einwilligte, rang sie der Streifenpolizistin jedoch das Versprechen ab, dass sie morgen für die Büroküche Kaffee besorgen sollte, sodass außer Ostfriesenmischung auch noch ein anderes belebendes Heißgetränk zur Auswahl stand.

Die drei Polizisten standen im Büro verteilt herum und nippten an ihrem brühend heißen Schwarztee, der einen herben und irgendwie auch luftigen Duft verströmte.

»Wir waren heute recht erfolgreich, wie ich finde«, resümierte Ruth.

»Wir haben von Herrn Lindau sogar ein Lob bekommen«, pflichtete ihr Hagen bei. »Der Staatsanwalt zeigte sich regelrecht begeistert, weil wir MaxiMumm dingfest gemacht und somit einen gefährlichen Hacker aus dem Verkehr gezogen haben.«

»Ob er wirklich so gefährlich war?« Alice hielt den Becher vor den Mund und blies in das daraus hervorquellende Dampfwölkchen. »Herta war jedenfalls entsetzt, als ich ihr vorhin mitteilen musste, dass für Max ein Haftbefehl erwirkt wurde und er von den Kollegen für Cyber-Kriminalität abgeholt worden ist. Sie war darüber so empört, dass sie die Stullen, die sie für Max geschmiert hatte, vor meinen Augen in den Papierkorb geworfen hat.«

»Max Rubens hat sich das selbst zuzuschreiben«, sagte Hagen streng.

»Wenn er sich kooperationsbereit zeigt, wird er vielleicht ungeschoren aus dieser Sache herauskommen«, erwiderte Ruth. »Mir sind Fälle bekannt, bei denen so verfahren wurde.«

Hagen sah sie zweifelnd an. »Haben Sie an diesem Burschen etwa auch einen Narren gefressen – so wie diese Pensionsbetreiberin?«

»Jeder hat eine zweite Chance verdient«, gab Ruth zurück. »Außerdem hat Max uns bei den Ermittlungen geholfen.«

»Auf eine sehr fragwürdige Art und Weise«, ergänzte Hagen.

»Was haben Sie eigentlich über diesen Künstler und Jonas Feldersen herausgefunden?«, wechselte Ruth das Thema.

Hagen stellte den Teebecher neben sich auf den Schreibtisch. »Malte Sinten hat vor einigen Jahren wohl mal etwas mit gefälschten Kunstwerken zu tun gehabt. Er fiel dann aber aus den Ermittlungen raus, weil angenommen wurde, dass er unwissentlich in diese Kreise geraten war.« Er atmete tief durch. »Bei Jonas Feldersen musste ich ein wenig tiefer graben. Er ist einer vierundzwanzigjährigen Frau aus Marienhafe und ihrem gemeinsamen zwei Jahre alten Sohn gegenüber unterhaltszahlungspflichtig, kommt seiner Unterhaltspflicht jedoch nicht nach. Der Anwalt der Frau hat gegen Jonas Strafanzeige erstattet. Daraufhin hatte er nichts Besseres zu tun, als Privatinsolvenz anzumelden.«

Ruth tat es ihrem Kollegen gleich und stellte den Becher beiseite, aus dem sie nur einige wenige Schlucke getrunken hatte. »Somit ist er also zahlungsunfähig.«

Hagen nickte gewichtig. »So lange, wie er keine nachweislichen Einnahmen hat.«

Ruths Miene verfinsterte sich. »Darum also ist Herr Feldersen auf Schwarzarbeit angewiesen. Nur so kann er sich erfolgreich vor den Unterhaltszahlungen drücken.«

»Und dabei unterstützt Friedrich Hellmann ihn auch noch?« Alice schnalzte entrüstet mit der Zunge. »Ein Mann, der selbst zwei Kinder hat!«

»Wir sollten ernsthaft in Erwägung ziehen, diesen Fall von illegaler Beschäftigung dem Zoll zu melden«, sagte Hagen.

»Damit warten wir, bis wir diesen Mordfall abgeschlossen haben«, bremste Ruth den Eifer ihres Partners. »Es könnte unsere Ermittlungen erschweren, wenn wir diesen Schritt schon jetzt unternehmen. Wenn die Leute den Eindruck bekommen, dass wir Informationen, die sie uns im Vertrauen mitgeteilt haben, gegen sie verwenden, werden sie uns nichts mehr erzählen.«

Hagen nickte gefasst, wirkte dabei aber nicht sehr glücklich.

»Gab es sonst noch was?«, wollte Ruth von ihrem Partner wissen.

Hagen nahm seinen Becher zur Hand. »Nichts, was diese beiden Männer irgendwie mit dem Mord an Christian Hellmann in Verbindung bringen könnte, wenn Sie das meinen.«

»Ich meinte alles, was es polizeilich über sie herauszufinden gab«, stellte Ruth richtig.

»Sonst war da nix«, erwiderte Hagen lax. »Von den Hafenmeistereien, an die ich die Suchanfrage bezüglich der Motorjacht verschickt habe, liegen auch noch keine Meldungen vor.«

Ruth schob den Becher noch ein Stückchen weiter von sich. »Dann machen wir für heute Feierabend«, beschied sie und streckte die Arme zu den Seiten aus. »Ich fühle mich ziemlich gerädert.« Sie dankte Alice für den Tee, verabschiedete sich mit einem Kopfnicken und ging. Beim Rausgehen fragte sie sich, ob ihr Abgang vielleicht ein wenig zu schnippisch ausgefallen war. So hatte sie es in Hamburg immer gemacht. Sie mochte keine Abschiede, wenn sie auch noch so banal waren. Doch diesmal dachte sie, dass sie sich ruhig eine Spur herzlicher von ihren beiden Kollegen hätte verabschieden können. Aber dafür war es nun zu spät.

»Vielleich beim nächsten Mal«, murmelte sie.

Kapitel 10

Das Klingeln des Handys riss Ruth aus dem Schlaf. Der Signalton weckte sie, eine halbe Stunde bevor es der Reisewecker getan hätte. Als die Hauptkommissarin sah, dass es sich bei dem Anrufer um Hagen handelte, setzte sie sich im Bett auf und vollführte eine kurze Gesichtsgymnastik. Anschließend nahm sie das Gespräch entgegen, in der Hoffnung, dass sie nicht allzu verschlafen klingen würde.

»Die Motorjacht wurde gefunden«, kam Hagen nach einer kurzen Begrüßung gleich zur Sache. »Das Boot liegt im Industriehafen von Emden. Es trägt den Namen *Jette* und gehört einem gewissen Martin Boyens. Er betreibt einen kleinen Fischhandel.«

»Das passt ja«, fügte Ruth eine Bemerkung an. Sie fühlte sich noch nicht ganz auf der Höhe.

»Herr Boyens wurde vor knapp einer Stunde von der Emder Kripo festgenommen und befindet sich seitdem in Gewahrsam«, fuhr Hagen fort.

Ruth stand auf. »Wurde er zum Tod von Friedrich Hellmann befragt?«

»Nein. Das wollten die Kollegen uns überlassen. Sie haben Boyens Betrieb allerdings genau unter die Lupe genommen und dabei Unregelmäßigkeiten in der Buchführung festgestellt. Die benutzen sie jetzt als Handhabe, um den Mann noch ein wenig länger festzusetzen.«

»Wir müssen uns also sputen«, fasste Ruth zusammen.

»Ich könnte Sie in einer halben Stunde abholen«, schlug Hagen vor.

»Wunderbar. So machen wir es.« Ruth unterbrach die Verbindung. Sie wollte das Handy aufs Bett werfen, aber da fiel ihr auf, dass sie von Jens eine Nachricht erhalten hatte. Sie überflog die Textbotschaft, lächelte zufrieden und eilte ins Badezimmer.

Fünfzehn Minuten später erschien sie im Frühstücksraum. Außer Herta, die gerade Brötchen in einen Korb schüttete, hielten sich keine weiteren Personen in dem Raum auf. Die Pensionswirtin begrüßte Ruth reserviert, als sie sich beim Büffet bediente. »Was soll ich denn jetzt mit Max' Sachen machen?«, fragte sie anschließend. »Die können doch nicht ewig in dem Zimmer liegen.«

»Die können Sie lassen, wo sie sind«, gab Ruth freundlich zurück. »Max wird heute zurück nach Greetsiel gebracht. Er wurde freigelassen, allerdings unter Auflagen.«

Hertas Miene hellte sich auf. »Das ist ja wundervoll.« Sie drohte der Hauptkommissarin spielerisch mit dem Zeigefinger. »Sehen Sie, er ist ein guter Junge. Sie hätten auf mich hören sollen.«

Ruth nickte höflich und brachte ihr Tablett an einen Tisch. Dass Max nicht zuletzt aufgrund ihrer Empfehlung, die sie ihrem Bericht angehängt hatte, freigekommen war, behielt sie für sich. Auch dass Max in ein Programm aufgenommen wurde, in dem Hacker wie er für den Polizeidienst ausgebildet wurden, ließ sie unerwähnt. Die Abteilung für Cyber-Kriminalität konnte begabte Leute gut gebrauchen. Wenn Max sich weiterhin kooperationsbereit zeigte und den Anforderungen der Ausbilder gerecht wurde, hatte er gute Chancen, in die Sonderabteilung aufgenommen zu werden. Doch das lag jetzt an ihm.

Ruth hatte erst ein halbes Brötchen verschlungen, das sie mit einer Tasse Kaffee hinuntergespült hatte, als Hagen in den Frühstücksraum stolperte.

»Ich muss los«, sagte sie an Herta gerichtet und stand auf.

Die Pensionswirtin wedelte mit der Hand. »Schwirren Sie ab. Ich werde für Sie abräumen.«

Wenig später saßen die beiden Kriminologen im zivilen Einsatzfahrzeug und verließen Greetsiel in Richtung Emden.

*

Bei der Emder Polizeistation handelte es sich um einen nüchternen, zweckmäßigen Bau, in dem einiges los war. Ruth fühlte sich an ihre Arbeit in Hamburg erinnert, während sie gemeinsam mit Hagen durch die Flure eilte. Einmal mehr war sie froh, in der Polizeistation von Greetsiel gelandet zu sein, wo eine eher familiäre Atmosphäre herrschte. Der Hektik und Betriebsamkeit, wie sie in Emden an der Tagesordnung waren, konnte sie nichts mehr abgewinnen.

Auf dem Weg zum Verhörraum setzte sie ein distinguierter Kollege, der sich ihnen als Kommissar Frießner vorgestellt hatte, über den Stand der Ermittlungen in Kenntnis. Der Mann hatte gute Vorarbeit geleistet, Martin Boyens ein wenig unter Druck gesetzt, den wahren Grund für das Interesse an seiner Person jedoch verschwiegen. »Vor einer halben Stunde ist sein Anwalt erschienen«, berichtete Frießner, während er geradewegs auf eine Tür zusteuerte. »Er ahnt also, dass es hier um mehr geht als bloß ein paar Kilo Fisch, dessen Herkunft in seinen Büchern nicht vermerkt wurde.«

Ruth nickte dankend. »Dann übernehmen wir jetzt.«

»Ich werde im Nebenzimmer sitzen«, erklärte Frießner und deutete auf die Tür neben ihm.

»Verstehe.«

»Dann viel Glück«, wünschte der Kommissar und wandte sich schwungvoll ab.

Als Ruth und Hagen den Verhörraum kurz darauf betraten, erhob sich einer der beiden vor dem Tisch sitzenden Männer wie von der Tarantel gestochen von seinem Stuhl. Er trug einen teuer aussehenden legeren Anzug, während der Mann, der sitzen geblieben war, in Jeans und Holzfällerhemd gekleidet war. »Ich verlange, dass mein Mandant sofort freigelassen wird«, eiferte sich der Stehende. »Herrn Boyens noch länger festzuhalten, wäre im höchsten Grade unverhältnismäßig.«

»Setzen Sie sich«, wies Ruth den Mann an und warf einen kurzen Blick auf die verspiegelte Wand, hinter der es sich Kommissar Frießner jetzt vermutlich gerade gemütlich machte, um das Verhör zu verfolgen.

Hagen platzierte den prall gefüllten Aktenordner, den er mitgebracht hatte, auf dem Tisch. Während der Anwalt langsam Platz nahm, starrte er die Mappe misstrauisch an.

Routiniert stellte Ruth Hagen und sich den beiden Anwesenden vor. Martin Boyens war ein kräftig gebauter Mann mit rötlichen, kurzen Haaren und Sommersprossen im Gesicht. Sein Anwalt hieß Elias Hutter, wie die beiden Ermittler nun erfuhren.

Ruth klappte den Ordner auf, zog ein Foto hervor und schob es Boyens zu. »Kennen Sie diesen Mann?« Es handelte sich um ein Bild von Christian Hellmann, aufgenommen in der Pathologie.

Boyens warf einen Blick auf das Foto, dann sah er seinen Anwalt verunsichert an.

»Was soll das?«, wollte dieser daraufhin wissen. »Aus welchem Grund zeigen Sie meinem Mandanten das Foto einer toten Person?«

Ruth hielt ihre Aufmerksamkeit auf den Fischhändler gerichtet. »Ich will wissen, ob Sie diesen Mann schon einmal gesehen haben?« Beharrlich tippte sie mit dem Zeigefinger auf die Fotografie.

Der Angesprochene nickte zögernd. »Kann schon sein.«

»Ich will sofort wissen, was hier gespielt wird«, forderte der Anwalt. »Was hat das alles mit der Fischmenge zu tun, deren Herkunft irgendein vertrottelter Mitarbeiter meines Mandanten in den Büchern nicht korrekt vermerkt hat?«

»Dieser Tote ist einer jener Fischer, von denen Herr Boyens den Fisch bezieht, dessen Herkunft sein vertrottelter Mitarbeiter versäumt hat, in den Büchern korrekt zu vermerken«, gab Hagen kaltschnäuzig zurück.

»Und wir haben Grund zu der Annahme, dass Sie, Herr Boyens, diesen Fischer zuletzt lebend gesehen haben«, fügte Ruth hinzu.

»Wir wissen, dass Sie mit Ihrer Motorjacht zur fraglichen Zeit am Kutter dieses Mannes festgemacht hatten«, ergänzte Hagen. »Um Fisch in Ihr Boot zu verladen. Davon existieren Filmaufnahmen. Außerdem haben wir das GPS-Gerät Ihrer Jacht auslesen lassen. Die darin gespeicherten Daten beweisen, dass es Ihr Boot ist, das auf besagtem Video an der Seite des Kutters zu sehen ist.«

Ruth schob dem Anwalt einen Stapel richterlicher Anordnungen zu, die sie zu den durchgeführten Maßnahmen berechtigten. Staatsanwalt Lindau hatte sie ihnen per Fax zukommen lassen.

Boyens stieß hörbar Luft aus. »Also gut. Ja, ich kenne diesen Mann«, sagte er, während sein Anwalt die Dokumente durchblätterte. »Er heißt Christian Hellmann.« Eindringlich sah er die Polizisten an. »Er war aber nicht an Bord, als ich mit der *Jette* längsseits gegangen bin. Die *Greete 3* trieb verlassen im Meer, das müssen Sie mir glauben.«

»Und das fanden Sie vollkommen normal?« Ruth verzog spöttisch das Gesicht. »Darum haben Sie den Fang dann auch zwei Stunden lang ganz ohne Hilfe in Ihre Jacht verfrachtet.«

»Ich – hatte es eilig.« Boyens legte die Hände neben dem Foto des Toten flach auf den Tisch. »Ich war davon ausgegangen, dass sich Christian auf diesem kleinen Motorboot aufhielt.« Er furchte konzentriert die Stirn. »Die *Wilde Braut*. Ja, so heißt dieser Kahn. Christian hatte diese Nussschale oft im Schlepp, wenn ich an Bord kam. Und zwar immer dann, wenn er nicht allein war.«

Ruth wurde hellhörig. »Erklären Sie mir das genauer.«

Boyens lehnte sich auf dem Stuhl zurück. »Da war so ein blonder sonnengebräunter Jüngling«, sagte er überlegend. »Der hat auf der *Greete 3* ab und an ausgeholfen. Der kam immer mit der *Wilden*

Braut angeschippert. Ich habe mal gesehen, wie er mit dieser Nuss-schale ankam, und später, als wir mit dem Verladen auf meine Jacht fertig waren, ist er damit dann auch wieder abgezwitschert.«

»Wie lautet der Name dieses Mannes?«, fragte Hagen.

»An Bord der *Greete 3* wurden sonst keine Namen genannt. Mit diesem Arrangement haben wir uns alle besser gefühlt.« Boyens stieß ein herbes Lachen aus. »Ich erinnere mich noch, dass dieser Bursche mal eine junge Frau mitgebracht hatte. *Das* war wirklich eine wilde Braut.«

»Wie meinen Sie das?«, hakte Ruth nach.

»Die ist diesem blonden Burschen ständig an die Wäsche gegangen. Hat sich benommen wie eine ausgehungerte, läufige …« Er ließ den Satz unvollendet und lächelte verlegen, als wollte er sich für seine derbe Ausdrucksweise entschuldigen. »Christian hat mir später verraten, dass er gesehen hat, wie die beiden noch in derselben Nacht an Bord der *Wilden Braut* kopuliert haben.«

»Warum glaubten Sie, dass sich Christian Hellmann an Bord der *Wilden Braut* aufgehalten hat, als Sie die *Greete 3* vor zwei Nächten verlassen vorfanden?«, kam Hagen auf das eigentliche Thema zurück.

»Die *Wilde Braut* ist ein Anglerboot und Herr Hellmann ein Fischer«, sagte Boyens, offenbar überzeugt, dass dies die Frage hinreichend beantworten würde.

Ruth furchte die Stirn. »Die *Wilde Braut* ist auf dem uns vorliegenden Videomaterial aber nicht zu sehen, Herr Boyens.«

»Als ich mich mit meiner Jacht der Position der *Greete 3* näherte, habe ich sie aber in der Nähe gesehen«, behauptete der Fischhändler. »Ich bin immer misstrauisch, wenn ich während meiner Transaktionen andere Wasserfahrzeuge sichte, und sehe die mir durch das Fernglas immer genau an. Man kann ja nie wissen, immerhin ist das ja nicht ganz legal, was wir da machen. Auf jeden Fall habe ich die *Wilde Braut* gesehen. Wer sich an Bord befand, konnte ich allerdings nicht erkennen, dafür war der Kahn zu weit weg.«

»Und da dachten Sie, Herr Hellmann und sein Gehilfe würden noch ein bisschen angeln, und haben den Fang ohne deren Hilfe in Ihre Jacht verfrachtet?« Hagens Stimme war deutlich anzuhören, dass er kein Wort davon glaubte.

»Meine Güte, ja!«, rief Boyens aufgebracht. »Ich wollte die Sache so schnell wie möglich hinter mich bringen und nicht noch darauf warten, bis die Herrschaften zurückkommen. Wenn's hell wird, nimmt der Verkehr in der Leybucht nämlich irgendwann zu. Und ich wollte nicht, dass meine Jacht in der Nähe des Fischkutters gesehen wird.«

Ruth schüttelte den Kopf. »Und Ihnen ist nichts Verdächtiges an Bord des Kutters aufgefallen? Es war Blut an der Reling.«

»Ich dachte, das würde von irgendwelchen Fischen stammen.«

»Und was war mit dem Steuerhaus?«, hakte Ruth nach.

»Was soll damit gewesen sein? Ich habe mich darin jedenfalls nicht aufgehalten.«

»Wissen Sie, was ich glaube?«, fragte Hagen gereizt. »Ich glaube, Sie haben Christian Hellmann im Streit getötet.«

»So ein Unsinn!«, brauste Boyens auf.

»Wie lief das denn mit der Bezahlung der Ware?«, fragte Hagen.

Boyens machte eine vage Geste. »Ich habe immer bar gezahlt, in Hundertern. Den Wert der Ladung hatten Christian und ich immer ungefähr geschätzt.«

»Dabei gab es sicherlich auch manchmal Streitereien«, warf Hagen ein. »So auch das letzte Mal. Nur dass Sie Christian diesmal mit einem Fischmesser die Kehle …«

Ruth legte ihrem Partner eine Hand auf den Unterarm und brachte ihn so zum Schweigen. »Diese wilde Braut, von der Sie vorhin gesprochen haben. Wann hat diese Begegnung stattgefunden?«

Boyens überlegte kurz. »Das muss so etwa neun oder zehn Monate her sein. Danach ist sie nie wieder aufgetaucht.«

»Beschreiben Sie mir diese Frau genauer«, forderte Ruth.

»Ziemlich attraktiv, braunes langes Haar, grüne Augen. Und sie verstand was vom Fischen.« Boyens lächelte verunglückt. »Im Gegensatz zu mir.«

»Diese Beschreibung passt auf Anette Hellmann«, flüsterte Hagen der Hauptkommissarin ins Ohr.

»Und der braungebrannte Bursche könnte Jonas Feldersen gewesen sein«, gab Ruth leise zurück. Sie klaubte die Unterlagen zusammen, schob sie in die Mappe und stand auf. »Das war's fürs Erste«, verkündete sie.

Der Anwalt erhob sich ebenfalls. »Was ist denn nun mit meinem Mandanten?«

Ruth lächelte frostig. »Herr Boyens wird hierbleiben müssen, fürchte ich. Er steht nämlich nach wie vor unter Mordverdacht.«

Mit diesen Worten wandte sie sich ab und verließ den Raum.

Hagen eilte hinter ihr her. »Was ist denn plötzlich los?«, fragte er verwirrt.

»Wir fahren zurück nach Greetsiel«, bestimmte Ruth. »Wir müssen uns das Ehepaar Hellmann noch einmal vorknöpfen. Und auch mit Jonas Feldersen werden wir eine Unterhaltung führen.« Sie wandte sich Hagen im Gehen zu. »Rufen Sie die Hellmanns an. Ich will sie in ihrem Haus treffen. Sie sollen aber dafür sorgen, dass die kleine Susie nicht anwesend ist.«

Hagen holte sein Handy hervor, drehte sich dabei halb um und winkte Frießner zu, der mit fragendem Gesichtsausdruck aus dem Nebenzimmer trat. »Wir melden uns!«, rief er dem Kommissar zu und stolperte hinter Ruth her.

*

»Was gibt es denn noch?«, begrüßte Friedrich Hellmann die beiden Ermittler an der Haustür nicht gerade freundlich.

»Das werden wir Ihnen gleich mitteilen.« Ruth schob sich an dem Mann vorbei ins Haus. Hagen folgte ihr. Seit er den Wagen der Hebamme in der Straße parken gesehen hatte, wirkte er ein wenig aufgekratzt. Und er wurde nicht enttäuscht. Als sie das Wohnzimmer betraten, stand Dünya Hennigs vor der Wickelkommode und zog dem Neugeborenen gerade ein Jäckchen über. Anette saß auf dem Sofa, die Beine lang auf den Sitzpolstern ausgestreckt.

»Lassen Sie uns bitte einen Moment allein«, sprach Ruth die Hebamme an. Dünya warf Anette einen Blick zu, die daraufhin nickte. Die Hebamme nahm das Baby auf den Arm und verließ das Wohnzimmer, nicht jedoch ohne Hagen zuvor einen freundlichen Blick zugeworfen zu haben.

»Kommen Sie bitte schnell zur Sache«, forderte Friedrich. »In einem meiner Häuser gab es einen Stromausfall. Ich müsste längst dort sein und mich darum kümmern.«

»Warum schicken Sie nicht Ihre Aushilfe?«, ging Ruth auf die Bemerkung ein.

Friedrich winkte unwirsch ab. »Jonas hat sich heute freigenommen. Er hat gestern wohl etwas zu heftig gefeiert und wollte ausschlafen.«

Ruth gab Hagen unmerklich ein Zeichen.

»Vor etwa neun Monaten sind Sie gemeinsam mit Herrn Feldersen an Bord der *Greete 3* gewesen«, sagte er daraufhin an die junge Mutter gerichtet. »Können Sie sich noch erinnern, an welchem Tag das war?«

Beunruhigt setzte sich Anette auf. »Ich verstehe nicht …«

Hagen lächelte höflich. »Beantworten Sie einfach meine Frage.«

Anette schluckte und nannte dann ein Datum.

Friedrich glotzte seine Frau ungläubig an. »Du warst mit Jonas auf der *Greete 3*? Warum?«

»Wir haben deinem Bruder geholfen«, erklärte Anette ausweichend. »Ihm ist die Arbeit manchmal einfach zu viel geworden.« Sie schlug den Blick nieder. »Außerdem war mir langweilig. Du warst ständig weg … Jonas hat sich öfter Mal die *Wilde Braut* ausgeliehen, um zur *Greete 3* rauszufahren und auszuhelfen. Da bin ich eben einfach mal mitgekommen.«

»Das hat er mir nie erzählt. Und du auch nicht!«

Anette reagierte leicht ungehalten: »Ich hatte einfach die Nase voll davon, dass du ständig unterwegs warst. Ich hab dich sogar in Verdacht gehabt, dass du heimlich eine Affäre hast. Ich war stinkwütend auf dich, und da …« Sie brach ab.

Friedrich verzog missmutig das Gesicht. »Du hast recht, es war unfair von mir, dir nicht zu sagen, was ich wirklich gemacht habe, wenn ich behauptet hatte, noch arbeiten zu müssen.«

Anette wurde hellhörig. »Was hast du denn gemacht?«

Friedrich hob begütigend die Hände. »Ich erzähle es dir später, versprochen. Es ist nix Schlimmes.«

»Ist es richtig, dass Sie kürzlich einen pränatalen Vaterschaftstest durchgeführt haben, Frau Hellmann?«, schoss Ruth wie aus heiterem Himmel eine Frage ab.

Anette sah die Hauptkommissarin mit schreckgeweiteten Augen an. »Woher …«

»Ich konnte nicht umhin, bei meinem zweiten Besuch in Ihrem Haus einen Blick auf das Briefkuvert in ihrer Morgenmanteltasche zu werfen. Der Brief stammte von einem Institut namens Öster-Test. Ich habe mich über dieses in Österreich ansässige Labor informiert. Es ist spezialisiert auf vorgeburtliche Vaterschaftstests, die die Ärzte in Deutschland nur in Ausnahmefällen durchführen dürfen.«

»Ich …« Anette warf ihrem Mann einen verstohlenen Blick zu.

Friedrich war sichtlich geschockt. »Du hast einen Vaterschaftstest durchführen lassen?«

»Davon wussten Sie also auch nichts?«, hakte Hagen nach.

Friedrich schüttelte entgeistert den Kopf. Dann begann er die Zusammenhänge zu begreifen. »Du … du hattest befürchtet, dass ich gar nicht der leibliche Vater von Doris bin?«

»So ist es aber nicht«, beteuerte Anette mit schwankender Stimme. »Du bist der Vater. Der Test hat es bewiesen.«

»Wer hätte es denn sonst sein können?«

»Naja, Jonas. Wegen dieser Nacht, von der eben die Rede war.«

Friedrich ließ sich in einen Sessel fallen. »Wie bist du überhaupt an meine DNS herangekommen?«, fragte er verstört.

»Ich habe Haare und Fingernägel von dir eingesammelt.« Anette schluchzte trocken auf. »Von mir wollten sie eine Blutprobe. Öster-Test hatte mir ein entsprechendes Kit mit Anleitung geschickt. Aus dem Blut wurde im Labor dann die DNS des Babys generiert, sodass ein Abgleich mit deiner DNS gemacht werden konnte.«

»Wir müssen Sie das jetzt fragen«, wandte sich Hagen an die Frau. »Waren Sie in der Mordnacht mit der *Wilden Braut* auf dem Meer?«

Anette setzte sich auf. »Was? Glauben Sie etwa, ich hätte Christian …« Sie schlug die Hände vors Gesicht und weinte herzzerreißend.

»Anette konnte in ihrem hochschwangeren Zustand ja wohl kaum nachts mit einem Boot aufs Meer hinausfahren«, ergriff Friedrich Partei für sie.

»Mithilfe von Herrn Feldersen wäre das durchaus machbar gewesen«, hielt Hagen dagegen.

»Ich bin seit Monaten nicht mehr auf dem Meer gewesen«, schluchzte Anette zwischen ihren Händen hervor.

»Christian wusste, was zwischen Ihnen und Herrn Feldersen in jener Nacht vorgefallen ist«, blieb Hagen hartnäckig. »Daran besteht kein Zweifel.«

Friedrich ballte die Fäuste. »Sie glauben, meine Frau und Jonas wollten meinen Bruder aus dem Weg räumen, weil er mitbekommen hatte, dass sie miteinander geschlafen haben? Das ist absurd.«

Anette ließ die Hände von ihrem Gesicht gleiten. »Als Christian ermordet wurde, kannte ich das Ergebnis des pränatalen Tests noch gar nicht. Den betreffenden Brief habe ich erst am Tag der Entbindung erhalten. Warum also hätte ich irgendetwas unternehmen sollen, obwohl ich gar nicht wusste, ab Jonas tatsächlich der Vater ist?«

»Wusste Herr Feldersen, dass Sie diesen Vaterschaftstest veranlasst haben?«, erkundigte sich Ruth.

Anette schüttelte den Kopf. »Nach diesem Fehltritt bin ich ihm aus dem Weg gegangen. Ich wollte nichts mehr mit ihm zu tun haben.«

»Dann ist Herr Feldersen mit der *Wilden Braut* womöglich allein aufgebrochen.« Ruth sah Friedrich an. »Der Schlüssel des Boots hängt für ihn jederzeit zugänglich in Ihrem Firmenwagen, nicht wahr?«

»Ja, aber das kann doch nicht sein.«

Hagen atmete tief durch. »Ich bin gespannt, was Herr Feldersen von unseren Überlegungen hält.«

»Fragen wir ihn doch direkt.« Ruth deutete mit ausgestrecktem Arm nach rechts. »Er wohnt zurzeit in Ihrem Nachbarhaus, für dessen Umbau Sie zuständig sind, oder irre ich mich da?«

Anette sah ihren Mann mit tränenfeuchten Augen an. »Ist das wahr?«

Friedrich machte ein gequältes Gesicht. »Jonas hat momentan keine Bleibe, darum habe ich ihm gestattet, in dem leer stehenden Haus eine Zeit lang zu wohnen.« Er wandte sich der Hauptkommissarin zu. »Woher wissen Sie das überhaupt?«

Ruth legte Hagen die Hand auf die Schulter. »Mein Partner hat Herrn Feldersen aufgescheucht, als er mit gezogener Dienstwaffe in die Hausgeburt platzte.«

Friedrich glotzte ungläubig. »Was? Aber Jonas war doch gar nicht anwesend.«

»Er hatte sich hinter dem Rhododendron draußen in Ihrem Garten versteckt«, berichtete Ruth. »Wahrscheinlich wollte er der Geburt beiwohnen, weil ja immerhin die Möglichkeit bestand, dass er der Vater ist. Ich habe wenig später gesehen, wie er durch die Hecke aufs Nachbargrundstück geflüchtet ist. Allerdings konnte ich die Person nicht gut erkennen. Dennoch bin ich mir jetzt ziemlich sicher, dass er es war.«

»Warum gehen wir nicht einfach rüber«, regte Hagen an. »Wenn Herr Feldersen noch seinen Rausch ausschläft, treffen wir ihn dort vielleicht sogar an.«

*

Friedrich machte sich nicht die Mühe zu klingeln, sondern sperrte die Haustür mit dem Ersatzschlüssel auf. Die beiden Kriminologen gingen voran. Nacheinander spähten sie in die leeren Räume, bis sie in einem der Zimmer schließlich auf eine auf dem Fußboden zurechtgemachte Bettstatt stießen, in der eine Person schlief. Koffer und Umzugskartons stapelten sich in einer Ecke.

Jonas begann sich auf der Matratze zu regen und blinzelte verwirrt, als er die vier Personen erblickte, die vor seinem provisorischen Bett standen. »Moin«, sagte er verschlafen. »Was ist denn los?«

»Hast du meinen Bruder umgebracht?«, fuhr Friedrich ihn an.

Jonas war schlagartig hellwach, setzte sich kerzengerade auf der Matratze auf. »Spinnst du?«, fragte er noch halb benommen.

Ruth zog Friedrich am Arm zurück und trat vor. »Wo waren Sie, als Christian Hellmann ermordet wurde?«, fragte sie.

Jonas deutete um sich. »Na hier. Ich habe geschlafen.« In diesem Moment bemerkte er, dass Hagen angefangen hatte, die Koffer und Kartons näher in Augenschein zu nehmen. »He – was machen Sie da? Lassen Sie die Finger von meinen Sachen!«

»Kann jemand bezeugen, dass Sie hier waren?«, fuhr Ruth unbeeindruckt mit der Befragung fort.

Jonas sprang auf. Nur in Boxershorts und T-Shirt bekleidet warf er sich auf den jungen Kommissar, der sich gerade über einen Koffer beugte.

Hagen musste die Bewegung aus den Augenwinkeln wahrgenommen haben, denn er wirbelte blitzschnell herum, packte Jonas bei den Schultern und schleuderte ihn zu Boden. Geschickt warf er sich auf ihn und rang ihn mit einem Polizeigriff nieder.

Ruth trat an den Koffer heran, dessen Verschlüsse Hagen bereits geöffnet hatte. Mit der Schuhspitze klappte sie den Deckel hoch.

Der Koffer war mit Büchern gefüllt. Obenauf lag eine Klarsichttüte, die von innen leicht beschlagen war.

Ruth zog Einmalhandschuhe über, bückte sich, nahm den Beutel und hielt ihn ins Licht, um den Inhalt besser identifizieren zu können. »Ein Handy, ein Portemonnaie und ein Fischmesser«, zählte sie auf. »An der Geldbörse und dem Messer klebt Blut, wie mir scheint.«

Während Jonas vergebens versuchte, sich aus Hagens Griff zu befreien, öffnete Ruth die Tüte und zog das Portemonnaie hervor. Sie klappte die Brieftasche auf. Getrocknetes Blut, in dem sich Fingerabdrücke abzeichneten, klebte auf dem kleinen Sichtfenster, hinter dem ein Personalausweis steckte.

»Das sind Christian Hellmanns Habseligkeiten, von denen wir annahmen, der Mörder hätte sie ins Meer geworfen.« Ruth sah auf den jungen Mann hinab, der sie mit wirrem, gehetztem Blick anstarrte. »Warum haben Sie diese Sachen aufbewahrt?«, fragte sie. »Waren Sie sich wirklich so sicher, dass man Ihnen nicht auf die Schliche kommen würde?«

»Ich sehe diese Sachen heute zum ersten Mal«, behauptete der Angesprochene frech.

»Jonas Feldersen, Sie stehen unter Mordverdacht und sind hiermit verhaftet«, keuchte Hagen.

Anette fiel ihrem Mann schluchzend um den Hals. Aber dann machte sie sich los und starrte Jonas wütend an. »Warum?«, schrie sie mit überschnappender Stimme. »Warum hast du ihn getötet?«

»Er … er hätte dein Leben zerstört«, presste Jonas hervor, während Hagen ihm Handschellen verpasste. »Christian hat gedroht, seinem Bruder zu erzählen, was zwischen uns gelaufen ist, und dass ich der Vater deines Babys …«

»Das bist du aber nicht!«, schrie Anette wütend. »Und erzähl mir nicht, dass du es für mich getan hast. Ich kenne dich. Du denkst nur an dich. Wahrscheinlich hattest du Angst, dass es in deinem Leben ein zweites Kind geben würde, für das du Alimente zahlen musst. Dass ich von deiner Vaterschaft nichts erzählen würde, war dir klar. Aber Christian …!« Sie brach ab, schlug die Hände vors Gesicht und weinte hemmungslos.

Friedrich trat neben sie, drehte sie zu sich herum und schloss sie in seine Arme. Auch in seinen Augen standen nun Tränen.

»Gehen wir«, sagte Ruth an Hagen gewandt. »Wir sind hier fertig, und die Hellmanns brauchen jetzt ein bisschen Zeit für sich.«

*

Mit dem Baby auf dem Arm stand Dünya Hennigs vor der Einfahrt des Hellmann-Grundstücks und sah zu, wie Jonas Feldersen von Hagen abgeführt wurde. In ihren dunklen Augen lag ein Ausdruck, der zwischen Bewunderung und Stolz hin und her schwankte. Wem diese Gefühle galten, war für Ruth unschwer zu erkennen, denn der Blick der Hebamme ruhte unverrückbar auf ihrem Partner.

»Meine erste Verhaftung!«, rief Hagen ihr leutselig zu.

»Reißen Sie sich zusammen«, zischte Ruth, wobei sie allerdings nicht halb so streng klang, wie sie es eigentlich vorgehabt hatte.

Dünya lächelte. Mit einer Hand wiegte sie das Kind, mit der anderen bedeutete sie Hagen, dass er sie bei Gelegenheit mal anrufen sollte.

Ruth verdrehte die Augen. Dennoch stahl sich ein Lächeln auf ihre Lippen. Ja, musste sie sich eingestehen, hier in Greetsiel könnte sie sich tatsächlich heimisch fühlen!

*

Jonas Feldersen wurde anhand von Indizien und aufgrund seiner Aussage während des Zusammentreffens mit den beiden Kommissaren und dem Ehepaar Hellmann in dem leer stehenden Haus des Mordes an Christian Hellmann überführt und rechtskräftig verurteilt. Sein Kapitel war damit abgeschlossen, doch das von Ruth Fasan, Hagen Reese und Alice Bergmann sollte erst beginnen.

ENDE

Ostfrieslandkrimi-Empfehlungen
des Klarant Verlages

Kennen Sie auch schon die anderen Bände der Ostfrieslandkrimi-Serie »**Polizei Greetsiel ermittelt**« von Jan Olsen?

»Die Leiche im Watt«, Band 1
Taschenbuch-ISBN: 978-3-96586-460-3
eBook-ISBN: 978-3-96586-386-6

Eine Leiche im Watt!
Wer ist der Tote mit dem blau-weiß gestreiften Hemd, der ermordet im Schlick liegt? Die Identität des Mannes zu ermitteln, gelingt den neuen Greetsieler Kommissaren Ruth Fasan und Hagen Reese schnell, denn das Boot des Fischers Christian Hellmann ist nicht von der Fangfahrt in dieser Nacht zurückgekehrt. Der tote Fischer galt als störrischer Eigenbrötler, der mit seiner Art manchmal aneckte, aber reicht das für ein Mordmotiv?
Nach und nach finden die Greetsieler Ermittler heraus, dass mehrere Personen im Umfeld des Opfers offenbar einiges zu verbergen haben. Vorwürfe des illegalen Fischfangs stehen im Raum, und auch Christian Hellmanns Verhältnis zu seinem Bruder wirft Fragen auf. Hat eine ungerechte Verteilung der Erbschaft zur Eskalation zwischen den Brüdern geführt? Mysteriös ist auch der Umstand, dass die Polizei erst durch ein Video auf die Leiche aufmerksam wurde. Und aus irgendeinem Grund wollte jemand, dass die Ermittler genau wissen, wo sich das Opfer befindet …

»Die Leiche im Deichhaus«, Band 2
Taschenbuch-ISBN: 978-3-96586-526-6
eBook-ISBN: 978-3-96586-527-3

»Die Leiche mit dem Teelikör«, Band 3
Taschenbuch-ISBN: 978-3-96586-571-6
eBook-ISBN: 978-3-96586-572-3

»Die Leiche im Meer«, Band 4
Taschenbuch-ISBN: 978-3-96586-622-5
eBook-ISBN: 978-3-96586-623-2

»Die Leiche im Schlick«, Band 5
Taschenbuch-ISBN: 978-3-96586-669-0
eBook-ISBN: 978-3-96586-670-6

»Die Leiche im Sieltief«, Band 6
Taschenbuch-ISBN: 978-3-96586-715-4
eBook-ISBN: 978-3-96586-716-1

»Die Leiche auf dem Gulfhof«, Band 7
Taschenbuch-ISBN: 978-3-96586-774-1
eBook-ISBN: 978-3-96586-775-8

»Die Leiche auf dem Krabbenkutter«, Band 8
Taschenbuch-ISBN: 978-3-96586-827-4
eBook-ISBN: 978-3-96586-828-1

»Die Leiche auf der Deichkrone«, Band 9
Taschenbuch-ISBN: 978-3-96586-866-3
eBook-ISBN: 978-3-96586-867-0

»Die Leiche in Greetsiel«, Band 10
Taschenbuch-ISBN: 978-3-96586-926-4
eBook-ISBN: 978-3-96586-927-1

»Die Leiche an der Knock«, Band 11
Taschenbuch-ISBN: 978-3-96586-966-0
eBook-ISBN: 978-3-96586-967-7

»Die Leiche am Greetsieler Hafen«, Band 12
Taschenbuch-ISBN: 978-3-68975-026-8
eBook-ISBN: 978-3-68975-027-5

»Die Leiche im Beifang«, Band 13
Taschenbuch-ISBN: 978-3-68975-104-3
eBook-ISBN: 978-3-68975-105-0

»Die Leiche in der Greetsieler Gracht«, Band 14
Taschenbuch-ISBN: 978-3-68975-174-6
eBook-ISBN: 978-3-68975-175-3

»Die Leiche des Netzflickers«, Band 15
Taschenbuch-ISBN: 978-3-68975-174-6
eBook-ISBN: 978-3-68975-175-3

»Die Leiche im Wattenmeer«, Band 16
Taschenbuch-ISBN: 978-3-68975-321-4
eBook-ISBN: 978-3-68975-322-1

Klarant Verlag

Lernen Sie die Ostfrieslandkrimi-Titel des Klarant Verlages
kennen und besuchen Sie uns im Internet unter:

www.ostfrieslandkrimi.de
und
www.klarant.de

Wir schenken Ihnen einen kostenlosen Kurz-Ostfrieslandkrimi.
Einfach den QR-Code scannen:

www.ostfrieslandkrimi-lesen.de

*Einfach QR-Code nutzen und uns direkt auf
www.ostfrieslandkrimi.de besuchen! Wir freuen uns auf Sie!*

Besuchen Sie uns auf Facebook:

www.facebook.com/groups/ostfrieslandkrimifreunde